光文社文庫

文庫オリジナル／長編青春ミステリー

えんじ色のカーテン

赤川次郎

KOBUNSHA

『えんじ色のカーテン』目次

●主な登場人物のプロフィールと、これまでの歩み

第一作『若草色のポシェット』以来、登場人物たちは、一年一作の刊行ペースと同じく、一年ずつリアルタイムで年齢を重ねてきました。

杉原爽香《すぎはらさやか》……四十二歳。中学三年生の時、同級生が殺される事件に巻き込まれて以来、様々な事件に遭遇。大学を卒業した半年後、殺人事件の容疑者として追われていた明男を無実と信じてかくまうが、真犯人であることを知り自首させる。十五年前、明男と結婚。六年前、長女・**珠実**《たまみ》が誕生。仕事では、高齢者用ケアマンション〈Pハウス〉から、〈G興産〉に移り、老人ホーム〈レインボー・ハウス〉を手掛けた。その他にもカルチャースクール再建、都市開発プロジェクトなど、様々な事業に取り組む。**田端将夫**《たばたまさお》が社長を務める

杉原明男《すぎはらあきお》……旧姓・丹羽《にわ》。中学、高校、大学を通じて爽香と同級生だった。大学時代に大学教授夫人を殺《あや》めて服役。その後〈N運送〉の勤務を経て、現在は小学校のスクールバスの運転手を務める。女生徒の母・**大宅栄子**《おおやひでこ》に思いを寄せられている。

杉原充夫《みつお》……借金や不倫など、爽香に迷惑を掛けっぱなしの兄。六年前脳出血で倒れ、現在もリハビリ中。母・**真江**《まさえ》ら家族とともに実家に同居していたが、昨年、妻・**則子**《のりこ》が肝臓ガンのため逝去する。

杉原　涼《りょう》……杉原充夫、則子の長男。大学生。有能な社会人の姉・**綾香**《あやか》と中学生の妹・**瞳**《ひとみ》と同居している。大学の写真部で知り合った**岩元**《いわもと》**なごみ**と交際中。

浜田今日子《はまだきょうこ》……爽香の同級生で親友。美人で奔放《ほんぽう》。成績優秀で医師に。五年前に出産。

栗崎英子《くりさきひでこ》……往年の大スター女優。十八年前〈Ｐハウス〉に入居して爽香と知り合う。その翌年、映画界に復帰。

河村布子《かわむらきぬこ》……旧姓・**安西**《あんざい》。爽香の中学生時代の恩師。元刑事の河村**太郎**《たろう》と結婚。二人の間には天才ヴァイオリニストとして活躍する**爽子**《さわこ》、長男・**達郎**《たつろう》がいる。太郎には**早川志乃**《はやかわしの》との間に娘・**あかね**がいる。

中川　満《なかがわみつる》……爽香に好意を寄せる殺し屋。

松下《まつした》……元々は借金の取り立て屋だったが、現在は〈消息屋〉と名乗り、世の中の裏事情に精通する男。爽香のことを絶えず気にかけており、事あるごとに援助を行う。

——杉原爽香、四十二歳の冬

1　出会い

今日も降りてしまった。

駅のホームに、同じ制服の子は見当らなかった。——それは当然だ。

かんなの通っているM女子学院は、あと三つ先の駅なのだから。

ホームを離れて行く電車を見送って、かんなはちょっと肩をすくめると、

「まあいいや」

と呟《つぶや》いた。

次の電車では遅刻する。今さら遅刻して行って、担任の先生から文句を言われたくなかった。

今の電車に、何人か同じM女子学院中の子が乗っていた。たぶん、その中の一人や二人は、この駅で降りてしまったかんなのことを見ているだろう。

かんなを知っている子もいて、先生に言いつけるかもしれない。

「構やしないわ」

と、かんなは口に出して言うと、ホームから階段を駆け下りた。

今日も、どんよりと曇った、寒い日だった。改札口を出ると、マフラーを巻き直す。

鞄《かばん》の中で、かんなのケータイが鳴った。

彼からだろうか？

心を弾ませてケータイを取り出したが、かけて来たのは母だった。ちょっとがっかりして、

「はい、なあに？」

出ないと何回もかけてくるだろう。

「かんな、今日は遅いの？」

母の声は少し遠かった。

「うん。クラブがあるの」

「そう。じゃ、夕ご飯、少し遅くするわね」

「そうだね」

かんなは通話を切って、「――行ってらっしゃい」

と呟いた。

声の感じで、母が家からかけていないことが分る。どこかへ、またお出かけなのだ。

かんなが何時ごろ帰るか、気にしているわけじゃない。自分が何時に帰れば大丈夫か、

知りたいのだ。

「どうぞごゆっくり、だわ」

と、かんなは足を止めたまま、駅前で左右を見回した。

またケータイが鳴った。――彼からだ！

「もしもし！」

と、声も弾んだ。

「今、どこだい？」

「いつもの駅で降りちゃった。どこかで会える？」

「ああ。ちょうどこっちも時間ができたんだ」

「良かった、降りて。何時ごろ？」

「十時でどう？」

「うん。〈C〉で？　何か食べてるから」

「分った。それじゃ」

車の中からかけているのだろう。相手は急いで切った。

「やった！」

かんなは、もう冷たい風も気にならなくなって、軽くスキップするように歩き出した。

――さびれた駅前だ。

駅ができたときは不景気で、駅前には商店街などもできず、少し離れた空地に、少し建売住宅が建っただけだったそうだ。

もちろん、そんなころのことは、今十五歳の淡口《あわぐち》かんなはさっぱり知らない。

今は、いくらか店もできて、小さなマンションも建ち、コンビニもある。

〈C〉は、駅から五分くらいの所にあるティールームだ。夜はスナックになっているらしい。

車を店の前に停《と》めても大丈夫ということもあって、彼と待ち合せるのは、たいていこの〈C〉である。

「まだ少し早いか……」

こんなに早くは開いていない。あと——十五分くらいすると開く。

かんなはのんびりと歩いて行ったが、〈C〉の前に来たのは十分前。道の向いにある、小さな公園に入って、ベンチにかける。

「ワッ！」

お尻が冷たい！

確かめなかった。ゆうべの雨で、ベンチが濡《ぬ》れていたのだ。

「いやだなあ……」

手で触ると、スカートもかなり濡れてしまっている。これで〈C〉のシートに座る気がしない……。

といって、どうしようも……。

立って、ベンチを空《むな》しくにらみつけていると、

「どうしたの？」

と、女性の声がして、かんなはびっくりして振り返った。

公園の前を通りかかった女性が、かんなに目をとめたらしい。

「いえ、別に……」

「ベンチが濡れてたのね？」

と、公園の中へ入って来たのは、三十くらいだろうか、買物のバッグをさげた若奥さん風。

「スカート、濡れちゃったのね」

と、かんなの後ろを覗《のぞ》いて、「冷たいでしょう」

「大丈夫です。――本当に」

「乾かしてあげるわ。家、すぐそこなの。ドライヤーでも当てればすぐ乾くわよ」

「あの……」

「この寒いときに、風邪引くわ。遠慮しなくていいから。私一人だし、ね？」

かんなは気が進まなかったが、確かに、この濡れ方では、その内自然に乾くとは思え

ない。

「じゃあ……すみません」

「ちっとも構わないのよ。さ、こっち」

促されて歩き出す。

ちょっと華やかな感じのする人だ。美人と言っていいだろう。でも、そのしゃべり方や微笑《ほほえ》んだ顔に、表裏は感じられなかった。

五分ほど歩いた二階建のアパート。立派とは言えないが、新しくて色もきれいだ。

二階へ上って、その女性は玄関の鍵を開けた。

「——さあ、入って」

「お邪魔します」

かんなは表札に〈野口《のぐち》〉とあるのを、チラッと見ていた。

「さ、座って。——あ、座ったら濡れたままになっちゃうわね」

と、その女性は言って、カーテンを一応閉めてくれた。

「さあ、スカート脱《ぬ》いで。乾かしてあげる」

「でも……」

「恥ずかしがることないわ」

と笑って、「その濡れ方じゃ、下着まで濡れてる?」

「あ……。はい」

「じゃあ、私の、貸してあげる。濡れたのはいてるのはいやな気分でしょ」

「でも、そんな……」

「そのままじゃ、スカートを乾かしても、また濡れちゃうわ。そうでしょ？」

「はい」

「さ、ちょっと待ってね」

奥の部屋へ入ると、タンスから下着を取って来て、「はい、おばさん向けのパンツだけど、濡れたのよりいいでしょ。そこ、お風呂場だから、はきかえてらっしゃい」

遠慮しても仕方ない。――かんなは、言われるままにお風呂場の前の洗面台の所で、スカートとパンツを脱いで、もらったのをはいた。サラサラに乾いているだけでホッとする。

「すみません……」

「じゃ、スカート、貸して。ドライヤーで乾かしてあげる。座ってて」

スカートを脱いでいるので、何となく落ちつかなかったが、部屋の隅《すみ》にちんまりと座って、部屋の中を見回した。

一人暮《ぐら》しだろうか。ベッドはシングル一つあるだけ。飾りつけはほとんどなくて、シンプルだ。

ボーッとドライヤーの音が洗面所から聞こえて来た。

まだ待ち合せの時間には充分間に合うだろう。――かんなは鞄からケータイを出して、メールをチェックした。

すると、玄関のドアの方で何か音がしたようで、かんなは目を上げた。

ドアが開いて、男が入って来たのだ。かんなはびっくりして動けなかった。

男の方もびっくりしたようで、

「おい、知代《ともよ》」

と呼んだが、ドライヤーの音で聞こえていなかっただろう。

かんなは飛び上るように立って、洗面所の方へ駆け込んだ。

「もう少しよ」

と、女性が言った。

「誰か――」

「え?」

「誰か来ました!」

と言ったが、ドライヤーの音で聞こえなかったようで、

「――何ですって?」

と、ドライヤーを止めて言った。

「おい、知代」

と、男の声がして、

「あら。——ちょっと待って!」

と、女性はドライヤーとスカートをかんなに渡して、

「何よ、突然。電話してから来て、っていつも言ってるじゃない」

と、玄関へ出て行った。

「ケータイを忘れちゃったんだ」

と、男は言って、「何だ、あの女の子?」

「あのね……。説明してる暇《ひま》はないの。ともかく外にいて」

「外に?」

「そう。——十分したら、また来て」

「だけど……」

「いいから!」

と、男を玄関から押し出した。

そして、洗面台の所へ戻ると、

「ごめんなさいね。鍵持ってるもんだから、勝手に入って来ちゃうの」

「いえ……」

「あと少し。――ほらね。大分乾いたでしょ？」
二、三分温風を当てると、スカートはほぼ完全に乾いて、かんなは急いではいた。
「ありがとうございました！」

「いいえ。お茶でも出そうと思ったけど、あんなのが来ちゃね」

「私、もう行きます」

「そう？　――あなた、学校は？」

かんなはちょっと詰って、

「ええと……」

「サボってるの？」

と、女性は笑って、「私もあなたぐらいのときはよくサボったわ。あなた、高校生？」

「中三です」

「中学生！　今の子は成長が早いのね。――私、野口知代というの。ま、名前なんかどうでもいいけど。ね、色々あるだろうけど、遅くなっても学校へは行った方がいいわよ。一日サボると、次の日も行きにくくなる」

「はい……」

「余計なお世話ね。さ、もう行って」

「ええ」

かんなは鞄を手にすると、玄関へ出て靴をはき、真直《まつす》ぐに立って、「ありがとうございました」

と、礼をした。

「どういたしまして」

「私、淡口かんなです。あの——お借りした下着、お返しに来ます」

「いいのよ、そんなの。気を付けてね」

「はい。じゃ、失礼します」

かんなはドアを開けて外へ出た。

アパートを出ると、さっきの男が立っていた。

白いスーツと、派手なシャツ。どう見ても普通の勤め人ではない。二十七、八といったところだろうか。あの野口知代という女性よりも年下の感じだった。

ちょっと目が合って、かんなはあわてて目を伏せると、小さく会釈した。そのまま行こうとすると、

「お前、知代の知り合いか？」

と、男が声をかけた。

かんなは振り返って、

「いいえ。たまたま会って……」

「ふーん。あいつも物好きだな」

「失礼します」

と、行こうとすると、

「脚が白くてきれいだな」

スカートをはいていなかったから、見られていたのだ。——かんなは急いで駆け出した。

「いやな奴！」

と、あのアパートから離れて足取りを緩《ゆる》めると、かんなは口に出して言った。

「——あ、いけない」

濡れてしまって、脱いだパンツを、あそこの洗面台の所に置いて来た。かんなは足を止めたが、今さら取りに戻るのも……。

でも、もしあの男が見付けたりしたら、それもいやだ。あの知代って人が、放っておかないだろうけど、

「ま、いいや」

もう会うこともないだろう。——割り切れたわけではないが、ともかく今は〈C〉へと急いだ。

もしかすると、もう彼が来ているかもしれない。車だと少し早く着いてもおかしくな

い。

〈C〉の近くまで来ると、彼の車が停めてあるのを見て、小走りになった。

店の扉を開けて入ると、

「いらっしゃいませ」

と、声がした。

奥の席に、こっちを向いて彼が座っていた。でも——一人ではない。

向い合った席に、入口の方に背を向けて、女の人が座っていた。そして、彼の表情も

どこか変だった。

その女の人が振り向いた。かんなは立ちすくんで、

「先生……」

と言った。

M女子学院中学の教師、河村布子《かわむらきぬこ》だったのだ。

2 休暇

「休暇って誰の話？」

別に皮肉ではなく、杉原爽香《すぎはらさやか》はそう言った。

「チーフ」

と、久保坂《くぼさか》あやめが冷やかすように、「いつの間にか、仕事人間になってません？」

「誰も、なりたくてなっちゃいないわよ」

と、爽香はパソコンの画面から目を離して、「それに、『仕事人間』ってのは、家族より仕事の方が大切だって思ってる人間のことでしょ。私は家庭が何より大切」

「でも、休んでませんよ」

「休めないの。休んでない、っていうのとは違う」

確かに、この三か月、爽香は土日以外の休暇を取っていなかった。

「チーフ、夏休みだってろくに取ってなかったじゃありませんか」

「休んだわよ。風邪引いて三日」

「病気で寝込んでるの、休みとは言いません」

と、あやめは言って、「コーヒー、飲みます?」

「うん。ずっとパソコン見てると肩が……」

と、首を左右にねじって、「そうね。ちょっと〈ラ・ボエーム〉に行って来る」

「はい! ごゆっくり」

爽香は立ち上って、

「あやめちゃんも来てよ。一人じゃ……」

「寂《さび》しがり屋ですね」

「もう年齢《とし》なのよ」

爽香はあやめの肩をポンと叩《たた》いて、「行きましょう」

と促した。

――十一月も半《なか》ばになっていた。

夏に寝込んでから、体には気を付けているが、仕事の量が増えても人手は増えず、結局しわよせは爽香へと押し寄せる。

「じゃ、〈ラ・ボエーム〉で、旅行の打合せしましょう」

と、あやめがエレベーターの中で言った。

「打合せって……。行けるかどうかも分んないのに」

「チーフ、いつも言ってるじゃないですか。自分がいないと会社が潰れる、みたいに思ってるけど、そんなことないんだから、って」

「そりゃあ……人には言ってる」

エレベーターを一階で降りると、ちょうどロビーに社長の田端《たばた》が入って来た。

「やあ」

「あ、社長。お出かけだったんですか」

「うん。ちょっと風が冷たいぜ。外出か？」

「サボってコーヒーです」

田端は笑って、

「付合《つきあ》いたいが、嫌われそうだな」

「いいですよ」

と、あやめが言った。「社長が払って下さるなら」

「よし、行こう。〈ボエーム〉か」

というわけで、三人になってしまったのである。

「旨《うま》いな、ここのコーヒーは」

と、田端が言うと、

「ありがとうございます」

と、マスターの増田《ますだ》が微笑んだ。

〈ラ・ボエーム〉は、爽香の勤《つと》める〈G興産《こうさん》〉の入ったビルの裏手にある。爽香がひと息入れる場所になっていた。

「ちょうど良かった」

と、田端がカップを置いて、「君には話しておくことがあったんだ」

「また何か新しい仕事ですか？」

つい爽香はそう訊《き》いてしまう。皮肉のつもりではないのだが。

「社長」

と、あやめも加わって、「これ以上、チーフをこき使わないで下さい」

「心配するな」

と、田端は笑って、「うちに来てるコンサルタントから注意されてね」

「私のことで、何か……」

「うん。君に休みを取らせろと言われた」

「え？」

「君と、君のチームに、今回のプロジェクトに関する仕事が集中していると言われた。このままでは君が倒れるか、部下が倒れるかだ」

「はあ……」

爽香はちょっと目を伏せて、「それは部下の管理ができていない私の責任です」と言った。

「いや、君のことはよく分ってる。人に任せて、いい加減な仕事をされるのは我慢ならないと思うから、つい自分で引き受けてしまう。そうだろ?」

爽香はちょっと考えて、

「そうですね。他の人が間違ったものを直すのは大変です。ですから、初めから自分がやった方が……」

「分るが、今、君に倒れられたら困るんだ」

「社長――」

「ちょうど良かったですね」

と、あやめが言った。「この店で、旅行のプランについて話そうと言ってたんです」

「それなら結構。大いにリラックスして来てくれ」

「でも……」

「チーフはこう言いたいんですよ。『休めと言われたって、仕事がちっとも減らないんじゃ無理ですよ』、って」

「いや、ごもっとも」

と、田端は肯《うなず》いて、「僕が社員なら、こんな社長はクビにしてるね」

「それ、面白いですね」

「あやめちゃん、言い過ぎないで。——社長、お心づかいはありがたいです。何とか週末を利用して、温泉にでも、と思ってます」

「それじゃ休みにならないじゃないか。いいか、平日を三日以上休むこと。社長命令だ」

「三日もですか……」

「なに、車にでもぶつかったと思えば、三日や四日、何とかなるだろ」

「私、車にぶつかってませんけど」

「仕事については心配するな」

「でも……」

「君の代りはちゃんといる」

「誰ですか？」

「僕が代りをやる」

田端の言葉に、爽香は危うくコーヒーカップを落っことすところだった。

「社長——」

お願いですから、それだけはやめて下さい！　後で仕事が三倍ふえます。——と、爽香は言いたかった。

しかし、そこはやはり社長と社員である。

「ありがとうございます」

と言いながら、あやめとチラッと目を見交わし、「その分、仕事を早めに片付けるしかないわね」「そうですね」と、無言の会話を交わしたのである。

「じゃ、私だけでなく、この久保坂や、チームの他の者も何人か連れて行きます」

「それがいい。うん、何なら全員で行ったらどうだ？」

「社長。そこまでおっしゃられると、みんな、帰ったときに机がなくなってるんじゃないかって心配になりますよ」

田端はそれを聞いて笑ったが、爽香が冗談を言ったのではないことが分らない様子だった……。

田端が先に〈ラ・ボエーム〉を出て行くと、爽香とあやめは顔を見合せて、

「あーあ……」

と、同時に言った。

「何だか、ハモってましたよ」

「そうね」

と、爽香は笑って、「社長もいい人なんだけど……。あ、ケータイ」

爽香がケータイを取り出して、

「もしもし」

「やあ」

「あ……」

中川《なかがわ》だ。——何だか爽香のことをいつも助けようとしてくれている男だが、本業(?)は殺し屋という物騒な商売である。

「相変らず忙しいようだな」

と、中川はいつもながらの明るい声で言った。

「おかげさまで。そちらはお変りありませんか」

「ちょっと東南アジアへ行ってたんだ。向うは暑いぜ」

「お仕事ですか」

「まあな。俺も最近は多角経営に乗り出してるんだ」

爽香はつい笑ってしまった。

「結構ですね。できるだけ平和なお仕事をなさって下さい」

「それはこっちのセリフだ」

「え?」

「お前の方が、よっぽど危い真似《まね》をしてるだろ」

「そう言われると……。でも、好きでやっちゃいませんよ」

「まあ、お前ももう若くないんだ。無理するなよ」

「どうも、ご心配いただいて……」

「たぶん、近々お前の『先生』から相談ごとがある」

「『先生』って……河村布子先生のことですか」

「そうだ。誰でも『先生』って呼ばれる人間は楽じゃねえな」

「布子先生がどうかしたんですか」

「本人から聞け。——ま、その内どこかで会おうぜ」

「どうも……」

切れると、爽香はちょっと不安げに手の中のケータイを眺めた。

「チーフ、どうかしました？」

「いえ、別に……」

どうしてか、中川は爽香だけでなく、爽香と親しい人たちのこともよく知っているのである。

布子先生に何か……。爽香は電話してみようかと思ったが、あちらは今学校だろう。

今夜でもかけてみよう、と思った。

「さ、会社に戻ろう」

と、爽香はコーヒーを飲み干して、「旅行の話は、あなたが何かプランを立てて。それから見せてちょうだい」

「分りました。——ご主人も行かれるといいですね」

「明男《あきお》が？　スクールバスを運転してるんだもの、無理だと思うわよ」

「でも、念のためです。伺ってみて下さい」

「じゃ、一応訊いとくけど……。あと、うちのチームの誰を誘うかね」

「それは私に任せて下さい。うまくやりますよ」

「頼むわよ」

爽香は、あやめの肩をポンと叩いた。

二人が席を立って〈ラ・ボエーム〉を出ようとしたとき、目の前のドアが開いて——

何と、河村布子が立っていたのだ。

「先生！」

「ここだったのね。良かった」

布子は息を弾ませていた。「何だか得体の知れない人に尾《つ》けられてるの」

「え？」

「チーフ、私が見て来ます」

と、あやめが飛び出して行った。

「——大丈夫ですか？」

と、爽香は訊いた。

「ごめんなさい、変なこと言い出して」

「そんなこと……。座って下さい」

「ええ……。ありがとう」

布子は椅子にかけて、大きく息をした。

「コーヒーでもいれましょうか」

と、マスターの増田が言った。

「ああ……。お願いします」

と、布子は肯いた。

少しして、あやめが戻って来た。

「誰もいませんでした。——この辺、いくらでも隠れる所、ありますからね」

「ありがとう」

と、布子は少し落ちついた様子で言った。

「どうぞ」

と、増田がコーヒーを置く。

布子はそれをゆっくりと一口飲むと、

「爽香さん。あなたに相談したいことがあって……」

と言ったのである。

3 工作

飛行機から降りて、送迎デッキへ出て来た淡口公平《こうへい》は、見るからに不機嫌な顔つきをしていた。

秘書の玉川早苗《たまがわさなえ》にとっては見慣れた表情だが、もちろん歓迎しているわけではない。

「お帰りなさいませ」

と、いつも通りにこやかに出迎える。「飛行機はいかがでしたか?」

淡口公平は仏頂面のまま、ちょっと鼻を鳴らしただけだった。

少し脂《あぶら》ぎった顔は、ニューヨークからの長旅で大分くたびれていた。

「スーツケースは……」

「送った」

と、淡口公平は言った。「車はどこだ」

「表に。すぐそこです」

玉川早苗は、淡口のブリーフケースを持つと、「少しお休みになりますか」

「ああ……。そばが食いたい」

社長の出迎えに慣れている早苗は、そう来るだろうと思って、

「では近くのBホテルへ寄りましょう。あそこのおそばは評判いいです」

「うむ……」

待っていたハイヤーで、成田空港から近いBホテルへ向った。

助手席に座った早苗は、ポーチから、まだ温いおしぼりを取り出して、後部座席の淡口に渡した。淡口は顔を思い切り拭くと、息をついた。

「日本茶はあるか」

「ペットボトルですが」

「構わん」

緑茶のペットボトルを受け取って、開けるとそのままガブガブ飲んだ。

「――全く」

と、息をついて、「向うの奴《やっ》は分らん！　飯を食うときもコーラだぞ！　あんな甘ったるいもので、よく飯が食える」

「ホテルに着けば、熱いお茶が出ます」

淡口は少し落ちついた様子で、窓の外を眺めると、

「変ったことは？」

と訊いた。

「会社では特に」

淡口公平は〈N情報サービス〉という会社の社長である。ニューヨークへの一週間の出張から戻ったところだ。

アメリカと日本の往復では時差がきつい。淡口は大欠伸《あくび》したが――。

「――『会社では』と言ったか？」

「ええ……」

「家で何かあったのか」

早苗は少し答えなかった。

「おい――」

「後ほど」

と、早苗は遮って、「後ほどご説明します」

淡口はもう一口お茶を飲むと、

「分った」

と言って、口をつぐんだ。

不機嫌な表情が、微妙に変っていた。

二口三口、勢いよくそばをすすって、淡口は息をつくと、

「何だ、一体」

と言った。

「お嬢様の件です」

「かんながどうした」

「学校をサボっておられたようで」

「サボった？　──そんなことか」

と苦笑して、「誰だって、それぐらいのことはやる」

「M女子学院では、それは通りません。それに一度や二度ではなかったそうです」

「何をしてたんだ？」

「それが……。三十いくつの男と会っていたそうで」

淡口が唖然《あぜん》とした。

「──男と？　どういう男だ」

「詳《くわ》しくは分りませんが、どこかの営業マンらしいです」

「待て。──早苗、かんなの奴はまだ中学生だ。いくら何でも、その男と……その……」

と、口ごもる。

「ご本人は、何もないとおっしゃっておいでです」

「そうだろう」

と、ともかく安堵《あんど》した様子。

「ですが、二人でホテルに入ったと」

「何だと？」

「ベッドで添寝《そいね》して、でもそれ以上のことはしてないと……」

淡口は混乱していた。

「このそばは旨いな」

と言って、アッという間に食べ終えると、「おい、もう一枚だ」

早苗が注文して、

「私もいただいていいでしょうか」

「ああ、すまん。気が付かなかった」

淡口が秘書に謝ることなど前代未聞だった。

しばらくして、早苗が言った。

「婦人科で診てもらった方が」

「うん……」

「今はそういう男性もいるようです。生身の女の子より、自分のイメージした女の子を大事にして、手も触れないとか……」

「女房は？　時枝《ときえ》はどうしてるんだ？」

「はあ……」

と、今度は早苗が口ごもる。

「何だ？」

「お友だちとご旅行中とか」

淡口は唖然として、

「俺が帰って来るのは知ってるんだな？」

「ご存知だと思いますが……」

夫が秘書に訊くことではないと淡口も気付いたのだろう、

「全く……。呑気《のんき》な奴だ」

早苗は黙ってそばをすすっていたが、

「――かんなさんは、今通学されているそうです」

と言った。「ただ、処分についてはこれからとのことで……」

「寄付だ」

「は？」

「私立はどこも苦しい。あそこも体育館を直したいと言ってただろう。金を出すと言ってやる」

「その男のことは分ってるのか。名前とか、勤め先とか」

「いえ……。でも、かんなさんがご存知でしょう」

「ああ、そうだな」

と、淡口は肯いて、「そいつに手を回して、一切覚えがないと言わせる。警察の取り調べじゃないんだ。どうにでもなる」

「無理だと思いますが」

「なぜだ」

「もう学内で知れ渡っています。メールやら何やら、止めることはできません」

「理事会の決定さえ握ればそれでいい」

「ですが……」

「ともかく、停学だの退学だのという汚点が残らなければいい。卒業すればみんな忘れる」

「ですが……」

淡口はまたそばを食べ始めた。

早苗は、何か言ってもむだだと悟ったように、黙ってそばをすすった……。

あいつだ。

車の中で、佐伯忠夫《さえきただお》は肯いた。

校門から同じ制服の女の子たちがドッと出て来るので、見分けられないかと焦ったのだが、幸い少し人数が途切れてから出て来たので、はっきり分った。

淡口かんな。——父親は社長。

「お嬢様か」

と、佐伯は呟いた。

どこかの三十男とホテルへ行ってたというのだから、当然男も知っているだろう。

今どきの中学生だな……。

野口知代から話を聞いて、佐伯は色々つてを頼って調べてみた。淡口かんなが、いわば「問題児」だということを、噂《うわさ》話とネットで知った。

こんなうまい話を放っとく手はない。

相手は社長とお嬢様学校だ。金をゆすり取る条件は揃《そろ》っていた。

淡口かんなは、三人の女の子と一緒に、屈託《くったく》のない笑いを見せていた。

「無邪気な顔しやがって……」

佐伯はゆっくりと車を動かした。

途中の角で、二人が別れて行く。

かんなと、もう一人。駅前の商店街へ入って行く。

少し迷ったが、佐伯は車で待つことにした。あのまま駅へ入ってしまわれたら仕方ない。次の機会にしよう。

しかし、一人になって戻って来ることもあるかもしれない。

五分、十分と待って、十五分が過ぎ、諦《あきら》めかけたとき、かんなが一人で戻って来た。

「よし、ツイてる」

かんなは本屋に入って、女の子向けの雑誌を買って出て来た。

すかさず、佐伯は車を出ると、足早に近寄って、かんなの細い腕をつかんだ。

「何ですか？」

ムッとした様子で佐伯をにらんでいたかんなは、目を見開いて、「どうして……」

と言った。

「ちょっと付合えよ」

「そんなこと……。いやです」

「ちょっとその辺をドライブするだけだ。心配するな。妙なことはしねえよ」

「でも――」

「じゃ、お前のパンツを親父の会社へ届けてやろうか？　いくらで買ってくれるかな」

かんなは青ざめた。

「――すぐ帰してね」

「ああ、分ってる」

かんなは、佐伯に引張られて、車の助手席に座らされた。

車は駅を後にして、学校とは逆の宅地を開発中の辺りへと向った。

少し行くと、まだ雑木林が残っている。

「この辺でいいか」

佐伯は車を停めて、「お前、学校、クビになりそうなんだろ」

「クビ？　——停学とか、そういうこと？　まだ処分は決ってない」

「まずいところを見られたもんだな。援助交際って奴か」

「そんなんじゃない」

「だけど、男とホテルに行った。そうなんだろ？」

「話しただけよ。そんなんじゃないの」

「誰も信じないぜ」

「信じなくたって本当だもん」

と、かんなはじっと前を見つめながら言った。

「ま、それはどうでもいい。ともかく、この手の話は、親も学校ももみ消したがるもんだ。お前の親父、社長なんだろ」

「だから？」

「いくら出すかな、お前のパンツに」

「私のじゃないって言ったら？」

「強がるなよ」

佐伯は、ちょっとかんなをこづいた。「パンツのことは、もののたとえだ。俺は手伝ってやろうってんだぜ」

「手伝う？」

「ああ、この件をなかったことにするのを、さ」

かんなはじっと体を固くして、

「放っといて」

と言った。「もう帰してよ」

「まだだ。今、お前の親父に電話しろ」

「いやだよ」

「力ずくで、お前のケータイをいただくのは簡単だぜ。どうする？」

かんなは佐伯をにらんでいたが、やがて鞄を開けてケータイを取り出した。

「いい子だ。俺がかけてやろうか」

「自分でかけるよ」

かんなは父のケータイへかけた。

「はい、淡口公平のケータイです」

と、女性の声。「かんなさんですか?」

「お父さん、いる?」

「社長は今会議中で——」

聞いていた佐伯が、かんなの手からケータイを引ったくると、

「おい、淡口を呼べ。娘の援助交際の件で話があると言ってな」

少し間があって、

「どなたですか?」

「どなたでもいい。こいつの親父を呼べ」

「分りました。少しお待ち下さい」

佐伯はかんなへ、

「この女、何だ?」

「お父さんの秘書の早苗さんだよ」

「ケータイにも出ねえのか、社長ってやつは!」

と、佐伯は呆《あき》れたように言った。

少しして、

「おい! 娘に妙な真似するんじゃないぞ!」

と、いきなり怒鳴り声がした。

「淡口さんか」

「何だ、お前は？」

「ご挨拶《あいさつ》だね。俺はあんたの味方だぜ」

と、佐伯は言った。「娘さんが退学になるのを止めてやろうってんだ」

「何だと？」

「あんたがじかにM女子学院と話しちゃ、後でうまくないだろ。俺が代理になってやるよ」

少し間があって、

「金か」

と、淡口は言った。

「もちろんさ。うまくやりゃ、謝礼をいただく」

「どういう立場なんだ？」

「一度じっくり話そうぜ。どうだい？」

「――よし、夜、会社へ来い」

「いいとも。何時だ？」

「十二時だ、夜中の。それまでは残業する者がいる」

「分った。今夜だな？　場所は分ってる」

「よし、遅れるなよ」

「そう偉そうにするなって。俺はあんたの大事なかんなちゃんのパンツを持ってるんだぜ」

「何だと？」

「おい」

佐伯はかんなにケータイを渡して、「説明してやんな。耳が痛くって仕方ねえ」

と、顔をしかめた……。

4　恋模様

「もう帰らないと」

と言って、涼《りょう》は腕時計を見た。

「そう？　もうそんな時間か」

と伸びをしたのは、岩元《いわもと》なごみだった。

同じ大学の二人、今はなごみの部屋である。――なごみの小さなベッドに身を寄せ合って入っている。

「バイトがある。遅れるわけにいかないんだよ」

と、涼は服を急いで着ると、「そっちも服着ろよ。家の人が帰って来るぜ」

「大丈夫。夜になってからよ」

なごみはそれでもベッドに起き上って、「次はいつ会える？」

と訊いた。

「いつだって会いたいけど……」

と、涼はなごみにキスして、「お前の方が忙しいじゃないか」

「そうね」

と、なごみは笑って、「そういえば……」

と、ベッドから出て服を着ながら言った。

「爽香さんから、ゆうべメールが来たわ」

「え？」

涼はびっくりして、「爽香おばちゃんから？　何だって？」

「さあ……。相談したいことがあるって。今日、夕方会社の近くで会うことになってるの」

「そんな話、聞いてないぞ」

「うん、別に涼君のこととは関係ないみたいよ」

「そうか……。おばちゃんには、何も言ってないからな。なごみと、こういうことになってるって分ったら、どう思うかな」

なごみは目をパチクリさせて、

「何言ってんの？　爽香さん、とっくに知ってるわよ」

「え？」

涼はそれこそ目を丸くして、「どうして知ってるんだ？」

「だって――涼君が私と会って帰れば、綾香《あやか》さんが気が付くわよ。それで爽香さんにも話が――」

「そうか！　だけど、何も言われてないぞ」

「私、訊かれたわ、爽香さんに」

「何だって？」

「『涼ちゃんとどうなってるの？』って訊かれたから、『なるようになってます』って」

「お前……」

涼は唖然として、「おばちゃん、何て言ってた？」

「別に。『涼ちゃんをよろしく』って」

「やれやれ……」

「何かまずかった？」

「いや……。そんなことない。分って良かったな」

「そうよ！」

なごみは涼にキスして、「人を好きになるのを隠すことないわ」

涼は照れて、

「じゃ、行くよ」

と、あわてて仕度をした。

小さな受付だった。

専任の女性はいなくて、

「すみませんが……」

と呼ぶと、奥から、

「はい！　ちょっと待って下さい」

と、急ぐでもなく、サンダルをパタパタ言わせながら、事務服の女性が出て来た。

「何でしょ？」

「紀平良一《きひらりょういち》さん、いらっしゃいますか」

「紀平ですか。どちら様……」

「〈N情報サービス〉の玉川と申します」

玉川早苗はそう言って、チラッとオフィスの中を覗き込んだ。

せいぜい十人くらいの会社だ。

「あの……紀平は……」

と、その女性は言って、面倒くさくなったのか、「ちょっとお待ち下さい」

と、奥へ入って行った。

奥の机の、中年の女性に何やら話している。少しして、その貫禄のある女性が出て来た。

「紀平は営業からまだ戻りませんが。どんなご用でしょう？」

早苗は初めて名刺を出した。相手の態度がガラッと変った。

「あの——どのようなご用件でございましょう」

「立ち話ではどうも」

「失礼いたしました！　どうぞこちらへ」

その女性は、玉川早苗を奥の応接室へと案内したが、先に受付に立った女性が、

「課長、そこは——」

と言いかけて、言葉を切った。

「どうぞ」

と、応接室のドアを開けると、中のソファで居眠りしていた男が、

「何だよ……。黙って開けんなよ」

と、文句を言いつつ起き上った。

「何してるの！　お客様の前で！」

「あ、課長。——ちょっとくたびれたんで、つい……」

中年の男性社員が、あわてて出て行く。

「本当にもう……」

課長と呼ばれた女性は、「お見苦しいところを」

「いいえ」

「私、営業課長の矢吹典子《やぶきのりこ》と申します。——ちょっと！　お茶！」

「はい！」

「言われなくても、それぐらいやりなさい！」

いつもガミガミ言っているのだろう。

早苗は笑いをかみ殺して、ソファに浅くかけた。

「あの……紀平が何かそちらにご迷惑を……」

「会社に、というわけでもないのですが。——どうしてそう思われたんですか？」

「はあ……。紀平には少々困っておりまして」

と、矢吹典子は言った。

お茶が出て来たものの、番茶だ。

「もっといいお茶があるでしょ！」

と、にらまれて、

「今、切らしてるんです。雑費削られてるし……」

と、不服そうに口を尖《とが》らす。

「分ったわよ」

と、矢吹典子は嘆息《たんそく》して、「戻っていいわ」

そして、ちょっと咳《せき》払いすると、

「お恥ずかしいところばかり、ご覧に入れまして……」

「どこも、台所は苦しいですよ」

と、玉川早苗は言って、「番茶も好きです」

「恐れ入ります」

と、典子は冷汗《ひやあせ》を拭いた。「それで、紀平のことですが……」

「はあ、実は――」

と、早苗が言いかけると、

「課長、紀平さん、戻りました」

と、ドアを開けて、女性社員が言った。

その後ろから、背広姿の男が顔を覗かせて、

「何か……」

「紀平さん。入って」

と、典子が言った。

「はい……」

早苗も、紀平が三十五歳ということは聞いていたが、頭はかなり禿《は》げ上り、ヒョロリ

とやせてくたびれた感じは想像以上だった。

「あの……何か」

と、落ちつかなげに言った。

「こちら、〈N情報サービス〉の玉川さん」

「〈N情報サービス〉ですか……」

「私は、社長の淡口の秘書です」

淡口と聞いて、ハッとした様子。

「社長のお嬢様、淡口かんなさんとお付合《つきあい》されていたんですね」

と、早苗が訊くと、

「それは……。何かいけないんですか？　誰と付合おうと自由じゃありませんか」

と、真赤《まっか》になって言った。

「相手が十五歳の中学三年生でなきゃね」

早苗の言葉に、典子が唖然として、

「紀平さん！　本当なの？」

と、声を上げた。

「それは……確かに付合ってはいましたが……」

と、紀平は口ごもった。

「何てこと……」

典子は言葉を失ったようだった。

「待って下さい」

と、紀平が言った。「付合っていたと言っても——誤解しないで下さい。僕とかんなちゃんの間には、その——想像されてるようなことは何もありません！　僕らは話をしていただけです」

「あなた、三十五歳でしょ？　十五歳の女の子と何を話してたって言うの？」

「色々です。——信じてもらえないかもしれませんけど、かんなちゃんと僕は、本当にお互いの気持がよく分ってたんです」

「それって……」

と、早苗が言った。「要するにグチを言い合ってたってことですか？」

「まあ……そうも言えます」

「呆れた人！」

と、典子が首を振って、「営業の途中で気分が悪くなったとか、相手を待ってて遅くなったとか言ってたのは、その子と会ってたのね？」

「時々は……です。いつもじゃありません」

「でもね」

と、早苗は番茶を一口飲んで、「お互いグチを言うのに、ホテルに入って、ベッドで添寝しなくたっていいんじゃない?」

典子が顔を真赤にして、

「紀平さん! この恥知らず!」

と、怒鳴った。

「それは……申し訳なかったと思います。でも、かんなちゃんの方から言い出したことなんです。そして、本当に、二人で横になってただけで、何もしていません!」

「ホテルに入っただけで、大人として失格でしょう」

と、早苗が言った。

「まあ……そう言われれば確かに。でも、かんなちゃんに訊いて下さい。本当に僕らの間には——」

「ええ、かんなさんもそう言ってます」

早苗の言葉に、紀平はホッとしたように、

「そうですか! ——いい子だな、本当に」

「もう出社には及ばないわ」

と、典子が言った。「所長と話して、どうするか決める。出てって!」

「待って下さい」

と、早苗は言った。「肝心の話はこれからです」

典子と紀平が、ふしぎそうに早苗を見た。


「あ、爽香さん」

〈ラ・ボエーム〉に入って、岩元なごみは爽香がコーヒーを飲んでいるのを見た。

「いらっしゃい」

と、マスターの増田が言った。

「遅れました？」

と、なごみは爽香の向いに座った。

「いいえ。私が少し早く来たの」

と、爽香は言った。「悪かったわね、急に呼び出して」

「いいえ。――あ、私も今日のブレンドを」

と、なごみはオーダーして、「私に何か？」

「ええ。ちょっと温泉に行かないかな、と思ってね」

「温泉……ですか」

「そう。あなたの分は、うちで持ちます」

「はあ……。でも、どうして私を？」

「実はね、私のチームの人間も何人か行くんだけど、もう一人、連れて行きたい人がいるの」

「誰ですか？」

「淡口かんな。十五歳」

「十五歳？」

「中学三年生の女の子。——事情を説明するわね」

と、爽香は言った。「コーヒー、もう一杯お願い！」

5　裏取引

「それは……」

と、紀平良一はおずおずと言った。「どういう意味でしょうか」

紀平と一緒に玉川早苗の話を聞いていた、営業課長の矢吹典子は呆れたように、

「分らないの？　あなたにとっても、本当にありがたい話じゃないの」

と、紀平へ言った。

「いや……。それはまあ……分りますけど」

と、紀平は口の中でモゴモゴと言った。

「要は、何もなかったことにしてくれ、ってこと」

と、早苗は言った。

「それはもう言った通り、かんなちゃんと僕の間には何もありません」

「違うのよ。そもそも、淡口社長のお嬢さんとあなたは、全く見知らぬ同士の他人ってこと」

「はあ……」

「あなたはかんなさんを知らない。口もきいたことはないし、顔も知らない。――かんなさんとの間のことは、すべて記憶から消し去る。分るでしょ？」

「それはまあ……」

「学校から何か言って来ても、一切話さない。たとえ、かんなさんがあなたとのことを認めても、それは十五歳の女の子にありがちな妄想。あなたは何も知らない。――簡単なことよ」

早苗の言葉に、紀平は当惑した表情で肯くだけだった。

「――良かったじゃないの」

と、矢吹典子が言った。「普通なら、淫行で捕《つか》まるところよ。それを、なかったことにして下さるなんて」

「ええ……。ただ……」

「ただ、何なの？」

紀平は少しためらってから、

「それはつまり……嘘《うそ》をつけ、ということですね」

と言った。

早苗も典子も面食らって、しばし言葉がなかった。――やがて早苗が、

「もちろんよ。あなた、捕まりたいの？」

「まさか」

「じゃ、言われた通りにしなさい。万一、逆らったら、あなたを失業させるだけじゃない。未成年の少女に暴行した罪で刑務所へ送るわよ」

早苗の口調は淡々として、それだけに恐ろしかった。紀平の顔から血の気がひいた。

「――分りました」

声は少し震えていた。「おっしゃる通りに……」

「少しは利口になったようね」

と、典子がため息をついた。「紀平さん」

「はい……」

「こちらのご好意を無にしないでね。仕事に打ち込んで、もう女の子相手にグチを言ったりしないで」

「分りました」

紀平は、落ちつかない様子で、「あの――もう行ってもよろしいでしょうか」

「ええ」

と、早苗が肯いて、「うまく何ごともなく片付いたら、あなたにも少しはいいことがあるかもしれないわよ」

「はあ……。では失礼して……」

紀平は、そそくさと立って出て行った。

典子は苦々しげに、

「申し訳ありません。愛想のない人で」

と言った。

「いいえ」

早苗はちょっと笑って、「少なくとも、中学生と関係を持ったりする度胸《どきょう》はなさそうですね」

「まあ、その点は」

と、典子は肯いて、「でも、もともと紀平には辞《や》めてもらおうかと思っていたんです」

「そうですか」

「あの調子で、営業といっても、成績はさっぱりで。――この一件がなくても、いずれ……」

「待って下さい」

と、早苗は言った。「紀平さんは独身ですね」

「ええ、そのはずです」

「クビになさるのはそちらのご自由ですが、この一件が落着してからにして下さい。今放り出すと、やけになって、何をするか……」

「分っております」

と、典子は胸に手を当てて、「そのときは、ちゃんとそちらにご相談いたしますので」

「話の分る方ね」

と、早苗は微笑んで、「矢吹さん、でしたかしら」

「はあ、さようです」

早苗はちょっと座り直して、

「ずっとこの営業所に?」

「そうですね。本社と他の営業所で五年働いてからです。今、ここで……十二年ですか」

「ベテランですね」

「でも、本社には戻れないと思います。いつか戻れたらと思っているんですけど……」

「どうでしょう。今度の件が片付いてからですが、〈N情報サービス〉へ来る気はおあり?」

「それは……」

「引き抜きです」

典子の頰《ほお》が赤く染った。

「それはもう……。喜んで！」

「今のお仕事には？」

「未練なんかありません。この冬もボーナスは出ないでしょうし」

「じゃ、こちらも考えてみますわ」

「よろしくお願いします！」

典子の声は早くも弾んでいる。

「淡口社長は、なかなかやかましい人で」

と、早苗は言った。「もう一人、気のきく秘書が欲しいと思っていたんです」

「はあ……。でも、もう四十ですが、私」

「若い美人秘書なら、誰でもやれます。社長も、その辺はちゃんと分けています」

「もしお望みでしたら……。いつでもおっしゃって下さい」

と、典子は言った。

「よろしく」

早苗は立ち上って、「あ、あてにして下さって結構よ」

と言った……。

「大学を休ませちゃうことになるけど」

と、爽香は言った。「どう思う？」

岩元なごみはコーヒーを一口飲んでから、

「そんなこと構いません」

と、あっさり答えた。「大学生ですもの。人生勉強も大切です」

「そう言ってくれると助かるわ」

爽香は微笑んで、「涼ちゃんには私から話す？」

「涼君はバイトあるし、無理じゃないですか？」

「ああ、もちろん、一緒に行くって話じゃないの。なごみさんを四、五日借りることを話しておかないとね」

「それなら大丈夫です。私が話しておきます。一緒に取ってる講義は、ノートも頼んでおかないと」

「じゃ、任せるわ。よろしく」

爽香は少しホッとして、冷めかけたコーヒーを飲もうとした。

「待って下さい」

と、マスターの増田が声をかけ、「ぬるくなってます。淹《い》れ直しましたから」

爽香の前に香りも高いコーヒーを置く。

「まあ……。ありがとう」

爽香はブラックのまま、そっと飲んで、「――おいしいわ!」

と、息をついた。

なごみは面白そうにその様子を眺めていたが、

「――本当に好かれてるんですね、爽香さんって」

「え?」

爽香は面食らったが、「そんなことないわよ。社内じゃ、私を電話番にでもしとけって言ってる人もいるわ」

「そういう人は、電話番もつとまらないでしょうね」

と、なごみは言った。「でも爽香さん、私、その淡口かんなって子に、何をすればいいんですか?」

爽香が答えない内に、〈ラ・ボエーム〉に入って来たのは久保坂あやめだった。

「遅くなってすみません。――アメリカン、下さい」

あやめが加わると、「チーフ、それで?」

「ええ、なごみさんは承知してくれたわ」

「良かった! 安心ですね」

「久保坂さんもご一緒ですか」

「ええ」

「良かった。心強いです」

と言って、なごみは、「爽香さん、それで――」

「あなたの役割」

と、爽香は言った。

「それなら簡単」

と、あやめが言った。「お手本」

「え？」

「十代をどう生きればいいか。大人の社会ってどんなものなのか。旅行に一緒に行くことで、学んでほしいってこと」

さすがになごみも当惑して、

「私がお手本ですか？――あ、悪い方のお手本？『こうなっちゃだめよ』っていう」

「まさか」

と、爽香が笑って、「私とスタッフの旅行に同行してもらって、私たちはかんなちゃんを対等に扱う。あの子は三十いくつの男と付合っていて、大人が分った気でいるかもしれない。でも、責任感のある大人がどういうものか、見てほしいの」

「はあ……」

「あなたには、かんなちゃんと私たち大人との間の橋の役をお願いしたいの。かんなちゃんが理解できないことを教えたり、文句があれば聞いてあげて」

「私が文句つけてもいいですか？」

「ええ、もちろん。ただ、お酒は飲ませないでね」

「あ……。涼君、言いつけたな」

「聞いてないわよ。――ちょっとしかね」

と、爽香は言った。「もちろん、三日や四日で、かんなちゃんが変るとは思ってないけど、青春のころのふしぎな体験として、記憶に残ってくれれば、それだけでもいいの」

「学校としてはどうするんでしょうか」

「父親は色んな意味で、学校の理事会に影響力を持っている人らしいの。停学になるかどうかでしょうね。退学になることはまずないそうよ」

「その子自身が、自分への特別扱いに気付いているかどうかですね」

「そう。かんなちゃんには、自分が外からはどう見えているか、分ってほしいと思ってるの」

なごみは、ちょっと小首をかしげて、

「おっしゃることは分りました。でも――どうしてそんなこと、考えたんですか？」

「恩師の頼みよ」

「ああ。――河村布子先生、でしたっけ」

「聞いてる？」

「涼君から。――ご主人が元刑事とか」

「ええ。色々、危いことにも係《かかわ》り合ってね。布子先生は、私を中学生のときから知ってる。今回の件で、淡口かんなって子に、何か考えてほしいと思ったのよ」

「父親が事件をもみ消すんでしょう」

「それだけで終ったら、その子は『大人の世界ってこんなものなんだ』としか思わない。もちろん、それも一面の事実。でも、それだけじゃないってことも、学んでほしい。布子先生の気持が、私には分るわ」

「そうですか。――でも、やっぱり私なんかでいいのかな」

と、なごみは言った。

「いいのよ。あなたはいつものあなたのままでね」

「分りました」

「ただ――旅行の費用はこちらが出すけど、仕事を頼んだ分のバイト代は出ないわよ」

と、爽香は言った。

6　旅行計画

「あら」

小さな公園の前を通りかかって、野口知代は足を止めた。

公園のベンチから、淡口かんなが立ち上った。

「ここで待ってたの？」

と、知代が訊く。

「ええ。アパートに行くと、あの男の人に会うかもしれないから」

と、かんなは言って、ポシェットから可愛《かわい》い包装紙にくるんだものを取り出した。

「これ――。お借りした下着です」

と差し出して、「洗濯して、ハンカチ一枚一緒に入れてあります。新品です」

「まあ……。いいのに」

知代は受け取って、「今日はわざわざ？」

「今日は学校お休みです。サボッてるわけじゃありません」

かんなは私服だった。「ただ私の下着、返して下さい」

「え？」

知代が驚いて、「持って行ったんじゃなかったの？」

「知らなかったんですか？　あの男の人が持ってます。それで私に、父に会わせろと言って……」

「まあ……。知らなかった！　ごめんなさい」

「父とは、もう話をつけたらしいです。でも私、自分の下着をあんな人に持ってられると思うと……」

「分ったわ」

と、知代は肯いて、「必ず取り戻して返すから。ごめんなさいね、本当に。あの人には……」

「佐伯っていうんですよね。恋人なんですか？」

「そう見られても仕方ないけど」

と、知代は苦笑した。「あれは弟なの」

「え？」

「ただし、血のつながってない弟ね。父が再婚した女性の連れ子でね。もともとちょっとグレてたんだけど、母親が交通事故で亡くなったの。父は、遺《のこ》されたあの佐伯を甘やかして育てた。――父は五年前に病気で亡くなったんだけど、『忠夫を頼む』って言い遺して……。私も、放り出すわけにもいかないものだから……」

「でも――姓が違うのは？」

「野口は私が結婚した相手の姓」

「あ、ご主人いるんですか」

「今はいないわ」

「は……」

「その辺は色々事情があってね」

「そうですか。すみません、余計なこと言って」

「いいえ。――今日は佐伯忠夫は来ないわよ。お茶でも飲んで行かない？」

「いえ……。私、駅の近くの〈C〉っていう店に寄ってくんで」

「ああ、私もよく行くわ。じゃ、〈C〉で何か甘いものでもどう？　誰かと待ち合わせてるの？」

「いいえ、別に」

かんなはちょっとためらってから、
と言った。「じゃ、もし良かったら……」

「行きましょ。私もダイエットしてるんだけど、たまにはケーキぐらい食べたいわ」

かんなは、知代と一緒に歩き出した。

「あの佐伯って人、『知代』って呼び捨てにしてましたね」

「前からよ。『姉さん』とか呼ぶのがいやだって言ってね」

二人は〈C〉に入った。かんなはつい店の中を見回していた。もちろん、紀平がいないのは承知の上だ。

ケーキと紅茶を味わって、知代とかんなはケータイの番号とアドレスを交換した。

「連絡するわ」

「よろしく」

「ところで、忠夫は、あなたのお父さんとどういう話をしたの？」

と、知代は訊いた。

「詳しくは聞いてませんけど、たぶん学校のことだと思います」

「学校のこと？」

「私、退学になるかもしれなくて——。でも、きっと父が色々手を回して、もっと軽い処分ですむと思うんですけど、それを佐伯って人が手伝ってるんだと思います」

「あなたが退学？　そんな風には見えないけど……。何をしたの？」

「大したことじゃないんですけど……」

と、かんなが言いかけたとき、店の戸が開いて、

「いらっしゃいませ」

反射的に入口の方を振り向いたかんなは、目を丸くして、

「紀平さん！」

入って来た紀平良一も唖然として、

「君……。どうしてここに？」

「寄ってみたくて……。紀平さん……大丈夫なの？」

「仕事の途中さ」

中年男と女子中学生のやりとりを、知代は呆気《あっけ》にとられて眺めていた。

会議室のドアが開いて、

「学長先生」

と、事務の女性が声をかけた。「お電話が入ってます」

「会議中だ」

と、M女子学院の学長、桐生《きりゅう》信房《のぶふさ》はちょっと顔をしかめた。

「急ぎのご用とか」

「誰からだね」

「それが――名前を伺っても、おっしゃらないんです」

「そんな電話を――」

と、桐生は言いかけたが、

「分った。――ちょっと失礼する」

職員会議に出席している六人は、別に驚いた風でもなく、ぬるくなったお茶を飲んでいた。

桐生は会議室を出ると、事務の女性へ、

「学長室へつないでくれ」

と言って、足早に学長室に入って行った。

「もしもし」

「学長先生で？　先日ご挨拶に伺った者ですがね」

「分ってる。今、淡口かんなの処分について会議をしているところだ」

と、桐生は椅子にかけて、「状況はどうなんだ」

「淡口社長としては、政治献金などに利用している名目だけの子会社を通して、そちらへ寄付したいと」

「記録に残っても大丈夫なんだな」

「全く別の社名ですからね」

「理事会の方は？」

「淡口社長の意向は、全部の理事に伝わってます。文句をつける者はいませんよ」

桐生は「淡口の代理」を名のる、佐伯という若い男を、あまり信用していなかったが、学長としては淡口を怒らせることはしたくない。しかも、今回は急を要する体育館の改築に、淡口の申し出ている多額の寄付は欠かせなかった。

「分った」

と、桐生は言った。「何とかうまく職員会議はまとめよう」

「議事録にも残さないでほしいというのが、淡口社長のご希望ですが」

「それは難しい。役所の調査が入ることもあるしな」

「そこを何とか」

佐伯の口調は妙にふざけた感じで、

「学長先生のためでもありますよ」

「何だ、それは？」

「いえ、まあ……。去年の暮れに突然そちらを辞められた若い女の先生がいらしたそうで。ご記憶ですか」

桐生は眉をひそめて、

「どういう意味だ」

「妊娠してたそうですね、その先生は。中絶して、その後ノイローゼになって入院中とか……」

「関係ない話を持ち出すな！」

と、桐生は苛立《いらだ》って言った。

「これは失礼しました。私はただ、M女子学院の名に傷がつくようなことにはしたくないので……」

「分った。できるだけのことはする。淡口さんにそう伝えてくれ」

「承知しました」

電話を切って、桐生は引出しからタバコを出して火をつけた。学内は禁煙だが、こうして時々喫《す》いたくなる。

「あの男……」

佐伯という男は、一旦《いったん》人の弱味を握ったら、しつこく食らいついて来そうだ。

淡口だって、恐喝の片棒を担ぐ気はあるまい。——娘に何の処分もしないようにする代り、あの佐伯のことを何とかしてほしい、と話そう。

「やれやれ……。面倒だ」

とこぼして、桐生はタバコを引出しの中の灰皿へ押しつぶした。

会議室へ戻ると、桐生は、

「ほぼ議論は尽くしたと思う」

と切り出した。「私は、淡口かんな君がまだ中学生で、その将来を考えると、ここは一度、目をつぶってあげたいと思う」

見回しても、反対の声は上らなかった。

「――では、淡口かんな君に対しては、今回特に処分しないということで……」

「学長先生」

と、口を開いたのは河村布子だった。

「河村先生、何か異議でも？」

「いいえ。学長の決定には賛成です」

と、布子は言った。

桐生はちょっと意外な気がした。河村布子はきっと反対してくると思っていたのだ。

教師として優秀というだけでなく、生徒たちからも好かれている河村布子のことは、誰もが一目置いていた。

今回の淡口かんなの件も、河村布子が生徒たちの噂を聞いて、発覚したのだ。

「では、何でしょうか？」

と、桐生が訊く。

「処分しないことで、かんなさん自身が、今度のことを『なかった』として忘れてしまっては、当人のためにならないと思うのです」

「うむ……。まあ、それはごもっともだが……」

「かんなさんを一週間、お預《あず》かりしたいと思います」

布子の言葉に、桐生は面食らった。

「預かる、とは？」

「かんなさんと、学校だけでなく、日常の暮《くら》しの中で、じっくり向き合ってみたいのです。お説教するわけではありません」

「しかし……一週間、学校を休ませるということですか」

「課外授業です。学長先生も、常々おっしゃっている通り、そういうことができるのが、私立のいいところですから」

「まあ、それは……」

「むろん、本人の気持を訊いて、納得してくれればです。ご両親へは学長先生からお話しいただけると幸いです」

桐生は困惑したが、

「それは処分というわけではないんですな？」

「もちろんです。実は本人にはもう話して了解してもらっています」

河村布子の言葉は穏《おだ》やかだが、その口調には、決して後へはひかないという思いがみてとれた。

「分りました」

と、桐生が言った。「ベテランの河村先生のご提案だ。認めましょう」

「ありがとうございます」

と、布子は言った。


「——温泉旅行?」

淡口公平は、桐生からの電話に眉をひそめた。「何ですか、それは?」

淡口は車の中でケータイを使っていた。車の助手席には、秘書の玉川早苗が座っている。

桐生は、河村布子の話を淡口へ伝えて、

「河村先生は、淡口さんもご存じでしょう。教師としても大変優秀な人です」

「それは知っていますが……。かんなをいじめたりするんじゃないでしょうな」

「その点はご心配いりません。河村先生は体罰を一切許さない人ですし」

「まあ……当人が喜んで行くと言っとるなら、いいでしょう」

「感謝します。寄付の件についても」

「ああ、承知しています」

「それで——淡口さん、あの佐伯という男のことなのですが」

と、桐生は言った。「今、そのお話をしても大丈夫ですか?」

「ええ。構いません」

「佐伯という男、どうも私はうさんくさく思えましてね」

淡口は少し黙っていたが、やがて、

「——実は私も同感でしてね」

「そうですか。何かそちらに……」

「この一件が片付いても、何かとたかってくるような気がします」

「同感です」

と、桐生が言った。

「考えとったところです。——佐伯一人ならともかく、ああいう手合は背後に暴力団などがついていることが多い。妙な縁ができたら、後で苦労しますからな」

「では何か対策を——」

「考えましょう。学長さんとも、一度ゆっくり話をするべきだと思っていました」

「では、よろしく……」

通話を切ると、淡口は、

「あの男の調査結果は?」

と、早苗へ訊いた。

「明日、報告があります」

「今訊け」

と、淡口は言った。

7　予　感

「やあ！　寒いときはやっぱり鍋だな！」

佐伯忠夫は口へ入れた豆腐の熱さに目を白黒させながら言った。

「よく食べるわね！」

と、野口知代は呆れたように、「まるで育ち盛りの高校生ね」

「俺はまだ二十八だぜ」

と、佐伯は早くもご飯茶碗を空にして、「もう一杯くれよ」

「四杯目よ」

「いいだろ、飯ぐらい」

知代はご飯をよそって佐伯に渡すと、

「はい。――高いわよ」

「飯代か？　その内、ドカッとまとめて払うよ」

「お金はいいわ。私だって稼いでるから、あんた一人ぐらいは食べさせられる」

「へえ。太っ腹だな」

佐伯は知代のアパートの中を見回して、「少し何か飾れば？　色気ねえぜ」

「大きなお世話よ」

と言い返して、「お金の代りにね、淡口かんなちゃんのパンツを置いて行きなさい」

佐伯はむせ返りそうになって、

「何だ、びっくりさせんなよ」

「恥ずかしくないの！　あんな女の子の下着を盗《ぬす》んだりして」

「盗んだってわけじゃねえよ。洗面所の所に置いてあったから、いただいただけさ」

「返しなさい」

「まあ……返してもいいけど。もう役に立たねえしな」

「かんなちゃんのお父さんに売りつけるつもりだったの？」

「そんなんじゃねえよ。ただ、そうでもしないと、会社の社長なんて、会っちゃもらえないだろ」

「何を考えてるの？　少しは真面目《まじめ》に働くことを考えなさい」

「これだって仕事だぜ。あの女の子が退学になるのを助けてやったんだ」

知代はため息をついて、

「いつまでそんな生活を続けるつもり？　その内、深みにはまって、足を抜けなくなるわよ」

「そいつは旦那の教訓かい？」

と言ってから、佐伯は、「ごめん。つい口が滑った」

「構わないわよ。あの人が刑務所にいるのは事実だもの。あんたが同じことにならないようにしたいのよ」

「俺は何も法に触れることはやっちゃいねえよ」

「あのね」

と、知代は言った。「法に触れなくても、人の道に外れることっていうのがあるの。時にはそっちの方がずっと大変なのよ」

佐伯は渋い顔で知代を眺めていたが、

「——久しぶりだな、そんな説教を聞かされるのは」

「いい？　あんたはもう二十八よ。子供じゃない。できることなら言いたくないわ、私だって。でも、父に頼まれてるから、あんたのことを」

「分ってるよ、そんなこと。言われなくたって」

「じゃ、言われないようにしなさい」

知代の言葉がいつになく厳しかったのだろう、佐伯はそばに放り出した上着を手に取ると、内ポケットから、丸めたかんなのパンツを取り出した。

「これでいいだろ」

「本当にもう……」

知代はパンツを広げて、「かんなちゃんへ返しとくわ。ちゃんと洗濯してね」

佐伯はまたご飯を食べ始めて、

「――しかし、中学生で三十五だかの男とホテルに行ったんだろ？　俺の方がよっぽど真面目だ」

知代は黙って立って行くと、洗濯物のかごの中に、かんなのパンツを入れた。

知代は、かんなと会っていたという紀平という男を、あの〈C〉で見た。

二人の話している様子や口ぶりからも、本当に二人の間には何もなかったのだろうと思えた。十五歳のかんなと三十五歳の紀平。

二人は友だち同士のようだった。――そんなこともあるのかもしれない。

知代は、佐伯へ、

「早く食べちゃってね。仕事に行かなきゃならないんだから」

と、声をかけた。

佐伯が知代のアパートを出たのは、夜九時を少し回ったくらいだった。

北風が一段と強くなっていて、佐伯は表に出ると首をすぼめた。

「何か飲むんだったな」

知代の所では、せいぜい缶ビール一本だ。――しかし、この寒さでは、もっとアルコールで体の中を暖めなきゃやり切れない。

駅の近くへ行けば、どこか酒を飲ませる店もあるだろう。それとも、もっと都心へ出て、ちょっと洒落《しゃれ》たバーにでも行くか……。

淡口公平から受け取った金で、懐《ふところ》はかなり暖かい。

知代に言われていることは、佐伯自身も分っている。いつまでも、こんなフラフラした暮しを続けてはいられない。

しかし、毎日朝起きて会社に行く、という生活など、佐伯には想像もつかない。まだもう少し先に考えればいい。

十七、八のころから、自分にそう言って来て十年……。

あと二年すると三十歳なのだ。――今度の一件で、少しまとまった金が入れば、何か考えようと思っている。

「思っている」だけで終ってしまうかもしれないが。

駅へと向う足取りは、ほとんど小走りだったが……。

佐伯は、ふと誰かが後をついて来ているような気がして足を止めた。

確かに誰かが……。

パッと振り向くと、そこには誰もいない。

気のせいか？

また歩き出した。

そして──いつの間にか、「その男」は佐伯の行手をふさいでいた。

「──何か用かい」

と、佐伯は訊いた。

「佐伯だな」

その声は、佐伯を少なからず動揺させた。

知代が心配したのは、会社をゆするようなことをして、大きな組織が乗り出して来たらどうするの、ということだった。

そして今、もしかしたら目の前の男は、佐伯に話があって来たのかもしれない。

「佐伯だけど」

「話がある。ちょっと顔を貸してくれ」

「ここでいいだろ？」

「話す相手は、俺じゃない」

「じゃ、どこに？」

「お前の後ろだ」

振り向いた佐伯は、いつの間にか大きなリムジンが停《と》まっているのを見て、びっくりした。

「乗れよ」

と言われて、佐伯は走って逃げようかと思ったが、自分の膝《ひざ》が震えているのに気付いた。

これじゃ、とても逃げるのなんて無理だ。

「早くしろ」

言われるままに、リムジンのドアを開けて、中へ入る。

向い合せの座席。そこにはサングラスをかけたスーツ姿の男が一人、座っていた。

「座れ」

と言われて、向い合った席に腰をおろす。

「佐伯忠夫っていうんだな。二十八歳」

「――そうです」

声がかすれていた。相手はちょっと笑って、

「そうびくつくな。何もしやしない」

と言った。

「はあ……」

「なかなかいい男だな。女にもてるだろう」

「いえ、そんな……」

「話は簡単だ。今、〈N情報サービス〉とM女子学院から金をせしめてるそうだな」

「せしめてるってわけじゃ……。ちょっと仕事を頼まれて」

「お前はどこかの身内か？」

「いえ、そんなんじゃありません」

「そうか。知らなきゃ仕方ないが、そういうことは、勝手にやってもらっちゃ困るんだ」

「というと……」

「もし、この一件が警察へ知れてみろ。こっちへとばっちりが来る。『お前の所が一枚かんでるんだろう』ってな。金にもならないで、迷惑こうむるだけじゃ、こっちも立場がない」

「はあ……」

「今後、その話は、俺たちを通せ。なあに、お前も損はしない。それに、何かありゃ、俺たちが守ってやる」

こんなことが……。うまい話を聞きつけてやって来る。まるで血の匂いに集まるサメのようだ。

「分っただろうな」

と訊かれて、佐伯は、

「はい」

と答えるしかなかった。

「よし。外にいる奴が、今後お前に連絡する。——いいか、俺たちに隠れて取引きしようなんて考えるなよ。腕の一本、折られると痛いぜ」

「はい……」

冷汗がこめかみを伝って落ちる。

「行っていいぞ」

「はあ……」

リムジンを出ると、佐伯は息を吐いた。

男がやって来て、

「俺は松代《まつしろ》だ。これがケータイの番号だ」

と、メモを渡し、「お前の番号は知ってる。いいな、逃げるなよ。金が入ったら、知らせるんだ」

ごく普通の口調だったが、有無を言わせぬ凄《すご》みがある。佐伯は、

「分りました」

と答えるだけだった。

松代という男がリムジンに消える。リムジンは静かに走り出して、夜の中へと消えて行った。

佐伯は額《ひたい》の汗を拭《ぬぐ》った。

向うは佐伯のことをよく知っている。きっと、色々調べているのだろう。

「どうしよう……」

と、佐伯は呟いた。

金が入るといっても、そう大金というわけではないし、佐伯としては〈N情報サービス〉もM女子学院もゆすっているつもりはない。

今の男たちは、佐伯が淡口と学校をゆすって金をせしめようとしているのだと考えているらしい。

しかし、それは考え違いだ、などと言える雰囲気ではなかった。

ケータイが鳴った。知代からかと思って、急いで出ると、

「かけてやったぜ」

松代だ。「俺の番号を登録できるだろ？　俺は親切なんだ」

「どうも……。ありがとうございます」

「なあに、礼にゃ及ばねえよ。仲間だろ」

「はあ……」

「それじゃ、連絡を楽しみに待ってるぜ」

切れた。——佐伯は、知代にかけようとしたが、少し迷ってやめた。

知代に話せば、

「だから言わんこっちゃない！」

と叱られるだろう。

そうだ。これは俺の問題だ。自分で解決しなくちゃ。

金は惜しいが、大分あの連中に巻き上げられるだろう。しかし、それで縁が切れれば安いと思わなければ……。

佐伯は思い直して、歩き出した。

あいつらは金が欲しいんだ。それだけだ。

——佐伯は、根が楽天的にできている。

「何とかなるさ」

と呟いて、足どりはもういつも通り軽やかだった……。

8　ボディガード志願

　今日もお昼を食べに出るのは一時ごろになった。

　ちゃんと十二時からお昼休みを取りたいと爽香も思っているが、午前中の会議が長引けば、簡単に十二時を過ぎてしまう。

　そして、来ているメールを見て、すぐ返信しなければならないものを打っていると、たちまち一時になる――というわけだ。

　お財布を手にビルの玄関へロビーを横切ろうとすると、

「爽香おばちゃん」

　何と、涼が立っていた。

「涼ちゃん！　どうしたの？」

「ちょっと話があって……。仕事、忙しいんでしょ。ごめん」

「どうせお昼食べに出るから、いいけど。――ずっと待ってたの？　電話すればいいのに」

ともかく、涼も昼を食べていないというので、ビルを出ると、近くのパスタの店に入った。

「――相談って?」

と、爽香はおしぼりで手を拭くと、「熱いおしぼり、気持いいわね」

「なごみのこと、温泉に連れてくって……」

「ああ、なごみさんから聞いた? 大学休ませて悪いと思ったんだけど」

「そんなこと、いいんだけどさ……」

と、口ごもる。

「何なの? はっきり言って」

「うん。――僕も一緒に行きたいんだ」

爽香はちょっと面食らって、

「涼ちゃん、これは遊びに行くんじゃないのよ。なごみさんには仕事を頼んでて――」

「聞いてるよ。よく分ってる」

「ね、涼ちゃん。それって――ただ、なごみさんと一緒に行きたいってこと?」

「そうじゃない」

「じゃあ、どうして?」

涼は少し間を置いて、

「──安全のため」

と言った。

「どういう意味？」

「こんなこと言うと、おばちゃん怒るかもしれないけど、今まで遠くへ旅行したりして、無事にすんだことってないだろ。たいてい何か物騒《ぶっそう》なことがあって、巻き込まれてる。命がけだったこともあるじゃない。今度も、きっと何か起ると思うんだ。だから、僕がついて行って、なごみやおばちゃんを守ってあげたい」

爽香も、その涼の言葉には何とも言い返せなかった。確かにそう言われても仕方ないところはある。

「涼ちゃんの言うことは分るけど……」

「お願い！　迷惑かけないよ。荷物持ちになるし、もちろん、なごみのそばにくっついたりしない。費用も……」

と言いかけて、「費用は……今すぐ出せないけど、でもアルバイトして返すから！　必ず払うから」

「涼ちゃん……」

「ね、いいでしょ？　──殺人事件なんか起らないでほしいんだ。おばちゃんが殺されたりしたら……」

「あのね……」

爽香は苦笑するしかなかった。「私だって、好きでいざこざに巻き込まれてるわけじゃないのよ。それに今回は、そんな犯罪絡みの旅にはまずならない」

「いつもそう思ってて、何か起るんでしょ」

「まあ……ね」

涼に言われると、爽香も何だかそんな気がして来た。いや、あの淡口かんなが命を狙われるなんてことはないだろうが……。

パスタが来て、

「ともかく食べよう」

と、爽香は言った。

爽香が半分も食べない内に、涼は自分の皿を空《から》にしてしまった。――食べ盛りだ。

「コーヒー二つ」

と頼んでから、「分ったわ。それじゃ、涼ちゃん、ボディガードについて来て」

「やった！　ありがとう、爽香おばちゃん」

「でも、綾香ちゃんに話して、許可取るのよ。分った？」

「もう話した」

「話した？」

「『爽香おばちゃんに訊いたの？』って言われたから、『おばちゃん、いいって言ってるよ』って」

「ちょっと……。ずるいでしょ、そんなの」

「生きる知恵だよ」

爽香は笑うしかなかった。

「いいわ。じゃ、この週末から出かけるからね。連絡するわ。久保坂あやめが幹事やってるから、直接メールさせる」

「分った。なごみには話しとくよ」

「こう言うんでしょ。『爽香おばちゃんに頼まれちゃってさ』って」

「よく分るね」

と、涼は感心したように言った。


「その中学生の女の子を連れてって、どうするんだ？」

明男は風呂上りに寛《くつろ》ぎながら言った。

「まだはっきり考えちゃいないわ」

と、爽香は言った。「ごめんね、一人で温泉旅行なんて」

「社員旅行だろ？　少しのんびりして来いよ。こっちは大丈夫」

するとそこへ、

「お母さん、一人で旅行に行くの？　ずるい！」

と、珠実《たまみ》が顔を出した。

「まだ寝てなかったの？　だめじゃない」

と、爽香は笑って言った。「お母さんの旅行はね、お仕事なのよ」

「お仕事で、どうして温泉に行くの？　変だ」

「ちょっと……」

珠実もずいぶん口が達者になって来た。

「なあ、変だよな」

と、明男が珠実に言った。「お母さんがいない間、お父さんと仲良くしような」

「うん！　珠実も温泉に行きたい！」

「温泉か。――ちょっとそいつは難しいけど、日曜日は珠実の行きたい所に行こう」

「お父さん、大好き！」

珠実が明男へ駆け寄ると、頰《ほ》っぺたにチュッとキスした。爽香は呆れて、

「こら！　お父さんを盗む気か！」

と、腰に手を当てて、珠実をにらんだ……。

――爽香が珠実を寝かせに行くと、明男はＴＶを点《つ》けて、サッカーの試合を何となく

眺めていた。

爽香が、この週末から、ほぼ一週間近く留守をする。――もちろん、それがどうというわけではない。

今の仕事は、急な残業などないから、珠実の面倒をみるのは問題なかった。ただ――明男は反射的に大宅栄子《おおやひでこ》のことを考えてしまっていた。

明男が訪《たず》ねて行けば、栄子は喜ぶ。娘のみさきも。

明男は何度か栄子の手料理をごちそうになっていた。それだけで「浮気」とは思わない。

初めて栄子の家を訪れたとき、唇を触れ合わせたが、それからは何もない。だが、栄子の方は明男が望めば喜んで胸に飛び込んで来るだろう。

いや、だめだ。――明男は唇をかんだ。

しっかりしろ！　生徒の母親と問題を起したら、今の仕事を失うことは間違いない。

爽香があんなに必死になって働き、病気の兄、充夫《みつお》の分も援助しているというのに……。俺は何を考えてるんだ？

「――あら、珍しい」

爽香が居間に戻って来た。

「珠実、寝たのか」

「うん、アッという間よ。いいわね、子供は」

と、爽香は明男と並んでソファにかけると、「サッカーなんて、好きだっけ？」

「いいや。何となく点けてたのさ」

明男はリモコンを手に取って、TVを消した。

「いいのよ、見てても」

「別に俺は……」

明男は爽香の肩に手を回し、引き寄せると、キスした。爽香は苦笑して、

「だめでしょ。明日も早いのよ」

と言ったが、明男を押し戻しはしなかった……。


ホステス業は楽ではない。

野口知代は、比較的大きな店に雇われている身なので、そう稼げるわけではないが、気は楽だった。

時々やって来る商社の部長の相手をしていると、

「知代ちゃん」

と、店のママがやって来て、「お客様がお呼び」

「はい。どなた？」

と訊くと、ママはちょっと声をひそめて、

「知らない方だけど……。何だかちょっと危ない感じなの。でもあなたをご指名で」

「誰かしら？　――すみません、ちょっと」

と、「部長」に会釈して、知代は立ち上った。

奥の広いコーナーを占領するように座っていたのは、確かに、白いスーツでこそないが、サングラスをかけた、一見して「その筋《すじ》」の人間と分る男だった。

しかし、知代には見憶《みおぼ》えがない。

「お待たせいたしまして」

知代は、営業用の笑顔になって、「知代でございます。ご指名ありがとうございます」

「まあ、かけろ」

男がちょっと指を動かすと、両側についていた若い男たちが、すぐに立って席から外れる。

「申し訳ありませんが、どこかでお目にかかっています？」

と、知代はビールをグラスに注ぎながら言った。

「いや、初めてだ」

「さようでございますか」

「俺は武藤《むとう》というんだ。憶えといてくれ」

「武藤様でございますね」

「弟から何も聞いてないのか」

「は？　弟というと……」

「お前の弟だ。佐伯というんだろ」

「――佐伯忠夫のことですか。忠夫が何か……」

「ゆうべ話をした。なかなか見どころのある男だな」

「あの……」

「ただ、この世界の決りをよく知らんらしい。聞いてるか、〈N情報サービス〉の社長の娘の話を」

「淡口かんなちゃんのことですか」

「知ってるのか。それなら話が早い。佐伯はその娘をネタに、金儲《もう》けしようとしてるようだが、そういう話は俺たち抜きでやってもらっちゃ困るんだ」

知代の顔から血の気がひいた。――こんなことになるのを恐れていたのだ。

「それにな」

と、武藤は続けて、「色々当ってみると、お前の亭主も今、別荘暮しだそうだな」

「主人は……会社の命令で偽証したんです。でも、結局一人で責任を取らされ……」

「細かいことはどうでもいい。刑務所に入りゃ同じことだ。出たって仕事はないぞ。俺が助けてやってもいい」

「いえ、それは——。私が何としても食べさせます。主人のことは放っておいて下さい」

知代は必死の思いで言った。「それに、忠夫は……確かに謝礼目当てで学校との間に入ったようですが、ゆすったというわけでは——」

「もう遅いぜ。一旦俺たちの耳に入ったからにはな」

武藤はちょっと笑って、「〈N情報サービス〉は、今景気がいいらしいじゃないか。少々の出費ぐらい何とかなるだろう。佐伯は俺たちの仲間になったんだ。ちゃんと働いてくれないとな」

「忠夫は……」

と、知代は言いかけたが、そばにいた若い男が、知代の肩をがっしりとつかんで、

「社長に口答えするのはやめとけ」

と言った。

「まあいい」

武藤は手を振って、「初対面は和やかに行こう。ビール一本じゃ商売になるまい。一番高いブランデーを開けろ」

「はい……」

知代は立ち上ったが、膝が震えた。

どうなるのだろう？　――忠夫は、とんでもない泥沼に足を踏み入れてしまったのだ……。

いつも通り、ケータイを手にベッドに入ると、かんなはメールをチェックした。

すると着信があって、ケータイが震えた。

「――もしもし、紀平さん？」

「ああ。今――大丈夫？」

と、紀平良一が言った。

「うん。もうベッドの中だから」

「そうか。気になってね。学校の方、どうしたかと思って……」

「心配かけてごめん！　結局、処分なしだって」

「そうか！　良かった」

「お父さんが色々手を回したんだよ」

と、かんなは言った。「ただ、この週末から温泉に行くの」

「温泉？　修学旅行？」

「違うの。ほら、あのときの先生――河村先生、憶えてる？」

かんなが事情を説明すると、

「しかし、何を考えてるのかな。本当に大丈夫なのかい？」

「あの先生、厳しいけどいい先生だもの。大丈夫よ」

と、かんなは言って、「ね、紀平さんも来る？」

「どこへ？」

「温泉よ。ゆっくり話したりはできないだろうけど……」

「だけど……行ってもいいのかな」

「たまたま同じホテルに泊《とま》ってた、ってこともあるでしょ？」

かんなの言葉に、紀平はつい笑い出していた。

9　恐　怖

どうせ、夜中まで起きているだろう。

アパートへの帰り道、野口知代は疲れた足どりで歩きながら、ケータイで佐伯忠夫へかけた。

しばらく出ないので、切ろうとしていると、

「――何だよ、夜中に」

と、忠夫が出た。

「どうせ起きてるんじゃないの」

「用があるんだ」

電話の向うで、

「誰から？」

と、女の声がした。

「待ってろ！」

「お邪魔だった？」

と、知代は言った。

「別に。――何か用？」

「どうして言わないの」

「何のことだよ」

「今日、店に武藤って人が来たわよ」

さすがに忠夫も、しばらく言葉がなかった。

「もしもし？　聞いてる？」

「ああ。――そっちにまで行くと思わなかったんだ」

「どうするの？　一旦目をつけられたら……」

「まあ……何とかするさ。金を渡しゃいいんだろ」

「ねえ、お金の話？」

と、向うで女が言っている。

「黙ってろよ！」

知代はため息をついて、

「いいわ。今は彼女が待ってるんでしょ。明日、アパートに来て。相談しましょ」

「分った」

知代はケータイを切った。

「またたわ……」

と、つい呟いていた。

甘やかされて育った人間特有の「いい加減さ」が、忠夫にはある。

「いざとなれば、誰かが何とかしてくれる」

という思いだ。

今はそれが知代の役目になっているのだ。いや、知代だって、できることはやっている。しかし、今度は相手が悪過ぎる……。

誰か、力を貸してくれる人を見付けなければならない。でも——誰に頼めばいいのか？

「明日だわ」

今夜はもう疲れた……。

アパートの部屋の鍵を開け、中へ入ると、手探りで明《あか》りを点ける。

そして、一瞬息を呑《の》んだ。

ベッドに、見たことのない男が座っていたのである。

「——誰？」

逃げようと思ったが、その男の様子が、知代を引き止めた。あの武藤と似たものを感じたのだ。

「俺は松代だ」

と、男は言った。「聞いてないのか、弟から」

やはりそうか。――知代は何とか自分を立ち直らせようとした。怯《おび》えを見せないこと。そうでないと……。

「何も聞いていません」

と、できるだけ素気なく言った。

「社長がお前の店に行ったろう」

「武藤さんですね。今夜、みえました」

「社長から聞いたんだ。あの若い奴の姉にしちゃ、なかなかいい女だってな」

と、松代はニヤリと笑って、「なるほど、悪くない」

「何のご用でしょう。私、仕事で疲れていますので、お話は別の日に――」

「話なんかどうでもいい」

と、松代はベッドの毛布をめくって、「お前の弟とは仲間になったんだ。その入会費ってところかな」

「お金ですか。差し上げたくても、ご覧の通りの暮しですから」

「金はいい。お前の体で払ってもらえばな」

「そんなこと……。お金なら何とか作ります。何日か待っていただけば……」

松代は立ち上った。上背のある、暴力の匂いを漂わせた体だった。

知代は台所の方へ身を寄せると、コートを脱いで床に落とした。

「お願いです。やめて下さい。弟には、何とかそちらにご損をかけないように言って聞かせますから……」

「俺がここで何時間待ったと思ってるんだ？　何もしないで帰る気はないね」

松代は上着を脱いで台所の椅子にかけた。

逆らえば、殴られ、蹴られるだろう。力ではとてもかなわない。

「そう怖い顔するなよ」

と、松代が笑って、「亭主は刑務所だって？　寂しい思いをしてるんだろう？　俺が慰《なぐさ》めてやるよ」

松代の言葉が、知代の胸を抉《えぐ》った。

松代が大股に近付いて来ると、知代は台所の水切りの食器入れから、先の尖った小型の包丁をパッとつかんで身構えた。

「おいおい……」

松代は愉快そうに、「馬鹿はよせよ。俺を刺す気か？」

「まさか」

と、知代は言った。「あなたのような人に勝てるわけがないわ」

「なら、包丁を捨てることだ。俺は辛抱強いが、カッとなると何をするか分らないぜ」

「分ってます」

「じゃ、その包丁でどうするんだ?」

知代は左の腕をまくり上げると、その白い肌へ、包丁の切っ先を当てた。松代が当惑して、

「何の真似だ?」

知代は固く唇をかみしめると、包丁で左腕に一気に傷をつけた。血が流れ落ちて、足下にはねた。松代がさすがに息を呑んで、

「何しやがる!」

「さあ、どうぞ」

と、知代は震える声で言った。「力ずくで手ごめにして下さい。その代り、あなたの服も体も血だらけになりますよ。そう覚悟してなら、どうなりとして下さい」

「分った! 分ったから、血を止めろ!」

と、松代はあわてて言った。「何もしない! このまま帰るから、血を止めてくれ」

「じゃ、出て行って下さい」

知代は血で汚れた包丁で、玄関の方を指した。——松代は首を振って、

「どうかしてる！　何て奴だ」

「私の血です。あなたは痛くもかゆくもないでしょう」

知代はじっと松代をにらんでいる。

「お前、どういう奴なんだ？」

松代は上着をつかんで、玄関へ行くと、

「信じられねえ！——おい、血を止めろよ」

と、靴をはいて、「全く……。どうなってるんだ……」

と、ブツブツ言いながら足早に出て行った。

知代は玄関へ駆けて行き、鍵をかけ、チェーンをすると、上り口に座り込んでしまった。

痛みはさほど感じなかった。緊張しているせいもあるだろうし、もちろん、それほど深く切ってはいないのだが、それにしても知代自身、ほとんど反射的な行動だったのだ……。

立ち上って、台所へ行くと、水道の水で傷口を洗った。水がしみて、初めて苦痛に声を上げた。

——なぜ、こんなことをしたのだろう？

知代は、あの松代という男が、夫のことを口にしたとき、「寂しいだろうから慰めてやる」と言ったとき、激しい怒りを覚えたのだった。

このまま、たとえ抵抗した上でも、松代に身を汚されたら、刑務所の夫までもが汚されることになる、と感じた。ならば、たとえ命をかけても拒もうと、とっさに思っていたのである。

「血を……止めなきゃ」

知代は初めてショックで貧血を起したのか、台所の床に座り込んでしまった……。

やっとの思いで包帯を巻き、少ししびれた左手を開いたり閉じたりしていると、廊下に足音がして、ドアをドンドン叩いて、

「大丈夫か！」

と、声がした。

「忠夫？」

びっくりして、玄関へ出て行く。

「――傷は？」

と、入って来るなり、佐伯忠夫は言った。

「あんた、どうして……」

「電話があったんだ、ケータイに。松代から」

わ」

「そう。——聞いたのね」

「無茶するなよ！　自分で傷つけるなんて、そんな——」

「やめて」

と、知代は遮って、「あんな男のものにされるくらいなら、この傷の方がよほど楽だわ」

忠夫は黙ってうなだれていたが、

「ごめんよ」

と言った。「まさか、こんなことになるなんて……」

「謝ってもらっても、今さら事態は変らないわ」

と、知代は言った。「上って。台所の床の血を拭いてくれる？」

「分った」

忠夫は台所へ行って、キッチンペーパーを濡らすと、床の血を拭き取った。

「適当でいいわよ。明日、ちゃんときれいにするから」

「でも……凄いことするな、本当に」

「何よ、青い顔して。女は血を見るのは慣れてるのよ」

「でも？」

「あの松代がさ、あわててたよ」

「そう？」

「うん。血を見るのが苦手なんだって。貧血起すとこだったぞ、って言ってた」

「まあ」

少しして、知代は笑った。忠夫も笑って、

「あんなにカッコつけてるくせにな！　おかしいや」

「本当ね！　そうと分ってたら、もっと派手に包丁振り回すんだった」

「やめてよ、姉さん」

知代が当惑して、

「──今、『姉さん』って言ったの？」

「こんなに迷惑かけといて、今さらそう言われたくないだろうけど……」

「馬鹿ね」

と、知代は微笑んで、「お茶漬でも食べる？　私、お腹《なか》が空《す》いてるの」

「うん」

と、忠夫は肯いた。

「まあ、河村先生が？」

と言ったのは、かんなの母、淡口時枝である。「かんな、温泉に行くの？」

「うん」

と、かんなは肯いて、「あさってから」

「でも——河村先生はご一緒じゃないのね」

「杉原さんって、先生が親しくしてる人と。その人の社員旅行について行くんだって」

「へえ……」

時枝はよくわけが分らない様子だったが、「先生のおっしゃることなら大丈夫でしょ」

「呑気だな」

と、渋い顔をしているのは、もちろん父親の淡口公平である。「お前もついて行ったらどうだ」

「だめだよ」

と、かんなが言った。「ちゃんと先生から言われてるもん」

——淡口家の居間である。

公平がこんな早い時間に帰っていることは珍しい。夕食を三人揃って食べるのも、こうして食後に寛いでいるのも、めったにないことだった。

公平だけではない。時枝も年中出歩いているので、ますます三人が揃うことは珍しくなるのだった。

「色々大変だったんだぞ」

と、公平はかんなに向って、「二度とやるなよ」

と言ったが――。

実際は、妻に向けて言ってもいるのだった。時枝もそれは察していて、

「仕方ないじゃないの。私も色々忙しいのよ。それに、かんなだって、その男の人と何でもなかったんじゃないの」

「当り前だ」

と、公平は仏頂面になる。

かんなは、公平の知っている大学病院の婦人科で診てもらって、紀平と「何もなかった」ことが立証されたのだった……。

「荷物、作らなくちゃね」

と、時枝が言った。「向うは寒いかしら。温泉からどこかへ出かけるの?」

「たぶん……。明日、ファックスが来ると思うよ」

「そう。でも大勢人がいるんでしょ? 少しぐらい重くても平気ね」

「自分で持つよ。そう言われてる」

「じゃ、分らないことがあったら訊いて」

「うん」

「そうだわ」

と、時枝が言った。「何かお土産買って来てくれる?」

10　旅仕度

「ゆうべはどうだった」

武藤にそう訊かれて、

「はあ……」

松代はポカンとしていた。

「——ゆうべ、あの女の所へ行かなかったのか」

と言われて、やっと何を訊かれたのか分った。

「あ、行きました」

と、松代は答えた。

「何だ、その様子じゃ、大したことなかったな？」

と、冷やかすように言う。

「いえ……。大した女でした」

「そうだろう？　三十そこそこにしちゃあ、体も熟してる。そうだったろ？　俺の目に狂いはない」

と、武藤は得意げに言った。「おい、今日は何時の新幹線だった？」

「は……。十二時ちょうどです」

「分った。まだ大分あるな」

武藤は腕時計を見て、「車を出せ。赤坂《あかさか》へ行く」

「かしこまりました」

「お前は来なくていい。車を待たせとけ。それより、広島で時間をむだにしたくない。約束の時間、念を押しとけ」

「承知しました」

松代は〈社長室〉を出ると、「おい、社長のお車だ！」

と、若い者へ言った。

――「赤坂」というのは、武藤が置いている若い愛人の所、という意味だ。

武藤が目立つ大きなリムジンで出かけて行くのを見送ると、松代はケータイを取り出した。

「――もしもし」

眠そうな女の声。「松代さん？」

「社長が今そっちへ向った」

「え？」

飛び起きているのが目に見える。「分ったわ！　ありがとう」

松代は通話を切って、ちょっと笑った。大方、若い男をくわえ込んでいるのだろう。

今ごろ、大あわてで男を追い出し、ベッドや部屋を片付けているに違いない。

松代は「赤坂」の女に特別何も思ってはいない。しかし、武藤が怒って不機嫌になると、こっちも迷惑する。

松代は表のカフェに入って、奥の席でコーヒーを飲んだ。

「しかし……変な奴だった」

ゆうべの、野口知代のことが強烈に頭にやきついて離れない。――自分で腕を切った、あの気性の烈《はげ》しさ。

いや、むしろ何かへの「怒り」とでもいうものだったかもしれない。

あんな女は初めてだ……。

皮肉なことに、「抱かなかった」ことで、松代は知代に強くひかれていたのである。


「ああ！」

爽香は、パソコンでたて続けに二十通近いメールを送って、やっと息をついた。

あさってから「慰安旅行」で、事実上一週間は帰らない。田端の命令で、毎日パソコンで会社にアクセスしてはならないということになっている。

もちろん、そこは久保坂あやめがしっかりパソコンを持って行ってチェックしてくれるのだが。

何人か居残りするスタッフもいて、爽香は休みの間の仕事について、メモを作り、渡すことにしていた。

「ま、いいや」

お昼を食べながら、メモを作ろう。

メールで送ったりするのが、何となく怖い。手書きのメモを渡すのが、爽香のやり方である。

早速、送ったメールの返事が来た。

〈一週間のお休みとはウラヤマシイ!〉

「――そうよね」

と、爽香は呟いた。「こっちも好きで休むわけじゃないんですけど」

これじゃいけないのだろう。心からリラックスして、仕事を忘れて……。

いや、それなら家族で旅行する。部下と一緒となれば、完全に仕事を忘れるわけにいかない。

ケータイが鳴った。

「――はい、杉原です」

「山本《やまもと》しのぶです」

「ごぶさたして。栗崎《くりさき》様も山本さんもお変りありません？」

女優、栗崎英子《ひでこ》のマネージャーである。

「大女優はますますお元気で。こっちはヘトヘトです」

と、山本しのぶは言った。

「お疲れさま」

と、爽香は笑った。

栗崎英子は八十四歳。今もテレビドラマのレギュラーの他、映画にも出ている。

「急なことで申し訳ないんですが」

と、山本しのぶは言った。「今度の映画の製作発表の後、パーティがあって、ぜひ杉原さんに出ていただきたいとおっしゃってるんです」

「いつですか？」

「来週の水曜日です。十九時からM会館で」

「はあ……」

温泉旅行の真最中だ。むろん、事情を話せば分ってくれるが、しかし……。

「分りました。来週の水曜日ですね」

と、メモを取って、「もちろん伺います」

「ありがとうございます！　杉原さんにお会いするのを、本当に楽しみにされていますので。それと、当日は果林《かりん》ちゃんも。映画に出るので」

「楽しみですね」

麻生《あそう》の娘、果林は、もう十七歳。今は多忙で、父親もめったに顔を合せないらしい。

通話を切って、爽香は何となく視線を感じた。――振り向くと、あやめが立っている。

「来週の水曜日って何ですか？」

「ああ……。栗崎様のご用よ」

「旅行中ですよ」

「分ってるけど……。東京へ日帰りで……」

「そんなことしてたら、休みになりませんよ」

「お願い。栗崎様は特別だもの」

「分りますけど……」

「社長に内緒。ね？」

と、爽香は手を合せた。

「じゃ、麻生さんにも言っときます」

「よろしく」

麻生は今回は「お留守番」である。

「さて、と……」

打合せがある。出かける仕度をしているとケータイにメールが入った。

「あら、爽子《さわこ》ちゃん」

河村布子の娘、爽子だ。ヴァイオリニストとして、今は日本を留守にすることも多い。

「出かけてくる」

と、あやめに声をかけて、エレベーターへ。

エレベーターの中で、メールを読む。

〈来週の水曜日、午後三時からNホールで、デュオコンサートがあるので、よかったらぜひ……〉

「え……」

と、思わず声が出る爽香だった。


「今、少しいいでしょうか」

と言われて、明男はつい、

「大丈夫ですよ」

と言っていた。

今忙しくて、と逃げてもよかったのだが。

「——久しぶりにお声が聞きたくて」

と、大宅栄子は言った。

「どうかしましたか」

「いえ、あの……」

ケータイで話していても、栄子が何かに動揺しているのが分る。

明男は遅い昼食を、学校近くの店で食べていた。

「何かあったんですね」

栄子がため息をついて、

「すみません。こんなこと、ご迷惑かと……」

「いえ。——あさってから、家内が慰安旅行に行くので、もしよかったら伺いますよ」

「本当に？　そうして下さると……」

栄子の声が弾んだ。

言ってはいけないと思いつつ、つい口にしてしまった。栄子が喜ぶと分っているので、言ってしまったのだ。

——大丈夫だ。

何も起らない。そうだとも。

明男はそう自分に言い聞かせた。

「呆れた」

と、岩元なごみは言った。

「いいだろ？　荷物も持つよ」

と、涼は言った。

「誰が、いない間の講義、ノートに取るの？」

「ちゃんと頼んだよ」

午後、大学の近くでハンバーガーをパクついていた。

涼は、なごみと一緒に行くと話したのである。

「よく爽香さんがＯＫしたわね」

「安全のため、って言ってね」

「安全？」

「爽香おばちゃんがどこかへ出かけると、たいてい危い目に遭うんだ」

「へえ」

「だから、僕は用心棒さ」

「ちょっと頼りない用心棒ね」

と、なごみは苦笑した。「いいわ。でも私は、淡口かんなって子と一緒よ」

「分ってる。邪魔しないよ」

なごみはコーヒーを飲んで、

「ね、カメラ、持ってく？」

「カメラ？」

「うん。そのかんなって子の変化を撮りたい」

「本人がうんって言うかな」

「もちろん、ある程度親しくなってからよ」

なごみが爽香を撮った写真は好評だった。その点、なごみの方が涼より才能があるようだった。

「じゃ、君が撮れよ。──僕も記録用に持ってくかな」

「危い目に遭う記録？」

「そうならないでほしいけどね」

涼は本気でそう思っていた。

むろん、旅先で、どんなことが起るか、誰にも分らなかったのだが……。


「紀平さん」

と、営業課長の矢吹典子が呼ぶ。

「はあ」

「これから〈K電機〉へ行って」

「分りました。あの――」

「お詫《わ》びにね」

「あの件ですか」

と、紀平は言った。「私なんかで、あちらが許してくれますか?」

「そこをうまくやって。私は用があって出かけるの」

矢吹典子は、せっかく〈N情報サービス〉から声をかけられているのに、今マイナスのイメージになることは避けたかった。

もちろん、紀平で用が足りるかどうか、怪しかったが。

「ともかく、ひたすら謝って。いいわね」

「分りました……」

紀平は謝ることに慣れていた。

でも――もうすぐ、またあの子に会える。

淡口かんなの笑顔が、紀平の脳裏に浮んでいた……。

11 忠告

長い会議だった。

玉川早苗は、そっと会議室を抜け出すと、ロビーに下りて、隅の自動販売機でコーヒーを買った。

社長の淡口も、ダラダラと長い会議は嫌いだから、かなり苛々しているだろう。それでも、役所の人間が何人か出席しているので、文句も言えない。

秘書の早苗としては、終った後に八つ当りされると覚悟しておかなくてはならないのだ……。

紙コップのコーヒーを飲んでいると、ケータイが鳴った。会議中預かっている淡口のケータイである。

「誰かしら……」

公衆電話からだ。ちょっとためらったが、

「——もしもし」

と出てみた。

「淡口さんのケータイかい？」

と、男の声。

「どちら様でしょう？」

「誰でもいい。淡口さんへ伝えとけ。佐伯がまずいことになってる」

「あの――」

「武藤っていう、かなりやばい奴に目をつけられた。そっちにも何かあると覚悟しとけ」

「あなたは？――もしもし」

切れた。

早苗はしばらく手の中のケータイを眺めていた。一体誰だったのだろう？

しかし、淡口の個人用のケータイへかけて来て、しかも佐伯の名も知っている。ただのいたずらではあるまい。

「武藤って言ったわね……」

ただの「武藤」と言われても、一体どこの誰のことなのか。「かなりやばい」とは、どういう意味か。

早苗は我に返って、

「戻らなきゃ」

と、エレベーターへ急いだ。

電話して来た男は、「武藤」が「かなりやばい奴」だとだけ言えば分る、と思っていたのだろう。——ということは、後はこちらで調べるしかない。

佐伯に連絡して訊くのが一番簡単だが、佐伯が「まずいことになって」いるということは、たとえ訊いても答えない可能性がある。やはり、こちらで何とかして「武藤」について調べなければなるまい。

会議へ戻ってみると、議論はさっきの段階からさっぱり進んでいなかった。

淡口が相当苛々しているのが、見ていても分る。

あの電話のことは、少し様子を見てから報告した方が良さそうだ。

——会議はさらに一時間以上かかって、やっと終った。

しかし、終ったと言っても、役所の人間は、

「持ち帰って、改めて連絡します」

ということなのだ。

「——何て奴らだ！」

淡口は、役所の人間たちが会議室を出て行くと、ファイルをテーブルに叩きつけて怒鳴った。

「まだすぐそこに——」

早苗はあわてて駆け寄ると、

「構うもんか！　あんな奴らを税金で食わしてるのかと思うと、腹が立つ！」

「お気持は分りますが……」

早苗はハラハラしていた。もともと淡口は声が大きいのだ。

いくら怒ってみても、役所は許認可《きよにんか》の権限を持っている。敵に回すわけにはいかないのだ。

何とか、淡口の気をそらさなくては。——とっさに、早苗は、

「実は、ケータイに妙な電話が」

と、淡口の耳もとで言った。「佐伯さんのことです」

「佐伯だと？」

淡口は早苗を見て、「あの、かんなのことで……」

「その佐伯さんだと思います」

淡口は他の出席者へ、

「おい、みんな早く出ろ！」

と怒鳴った。

他の社員たちがあわてて出て行き、淡口と早苗だけが残った。

「佐伯からの電話か」

「いいえ」

早苗が話の内容を伝えると、

「武藤と言ったんだな？」

「ええ」

「しかし――誰がかけて来たんだ」

「分りません。声に聞き憶えはありませんでした」

「すると、ただのいたずらか」

「いいえ、社長の個人用のケータイの番号を知っているんですから」

「そうか。そうだったな」

淡口はしばらく考えていたが、「佐伯がもし、本当にまずいことになっていたら、正直に話さないだろう。――とりあえず、その誰からか分らん話を本当だと思って、武藤って男のことを調べるんだ」

「私もそのつもりでした」

「よし。――その話の様子じゃ、武藤は暴力団関係かな。警察の誰かに訊いてみたらどうだ」

「そうですね。ともかく何とかします」

早苗は、とりあえず淡口が落ちついているのでホッとしたのだった。

〈S電機販売〉の営業課長、矢吹典子は少々後悔していた。

やっぱり、紀平を一人でやるんじゃなかったわ……。

何といっても、課長という立場なのだ。ついて行くべきだったかもしれない。

相手の〈K電機〉は、量販店と言うほど大きくはないが、それでも販売店として大事なお得意さまだ。そこへの納入のミスがあって、そのお詫びに、紀平を行かせたのである。

しかし、なかなか帰って来ないし、連絡もない。典子が何回か紀平のケータイへかけてみたが、電源を切っているらしく、つながらない。

「課長さん」

と、女子社員が言った。「紀平さん、大丈夫ですかね」

「知らないわよ。どうだったのか、ひと言ぐらい言って来りゃいいのに」

「あそこの仕入担当の人、怖いですからね。お店の子も、年中泣かされて、居つかないって評判ですよ」

「泣いてすむならね……」

と、典子は言って、「――紀平さん」

紀平が、無言で入って来た。

「お疲れさま」

と、一応は言って、「どうだったの？」

紀平は、何だか少しぼんやりした様子で典子の前に来ると、

「お詫びして来ました」

と言った。

「それで……あちらは何ですって？」

「はあ……。今度やったら、お前の所を切る、と」

「そう。じゃ、今回はとりあえず許してくれたのね？　良かった！」

典子は、ふと気付いて、「紀平さん、あなた、そのワイシャツ、どうしたの？」

と訊いた。

白いはずのワイシャツが、茶色くなっているのだ。

「はあ……。お詫びしたんですが、なかなか許していただけず……」

紀平は、淡々とした口調で、「それで床に正座して、土下座しました。そしたら向うの方に、飲んでいた紙コップのコーヒーを頭からかけられたんです」

さすがに典子も言葉がなかった。聞いていた女子社員が、「え？」と声を上げて、

「紀平さん、大丈夫だったの？」

と訊いた。

「まあ……熱かったです」

「大変だったわね」

やっと典子は言った。

「あの……髪もコーヒーで濡れてしまっていて。今日は帰宅していいでしょうか」

「ええ。――ええ、もちろんいいわよ」

と、典子は肯いた。「明日はお休みだから、あの……ゆっくり休んで」

「ありがとうございます。じゃ、少し早いですけど、お先に失礼します」

「はい。ご苦労様。――気を付けて」

典子は今まで紀平に言ったことのない言葉を口にした。

紀平は静かに机の上を片付けると、隣の女子社員に封筒を渡して、

「すみません、これ……まだ切手貼ってないんですけど……」

「あ、出しとくからいいわよ」

「すみません。よろしく。あ――課長。今日の交通費ですが――」

「いいわよ、後で。大丈夫だから」

「じゃあ……。よろしくお願いします」

紀平は、何度も、「すみません。お先に。すみません」

とくり返して、出て行った。

典子はホッと息をついた。

あの紀平の、妙に穏やかな態度は無気味だった。典子は冷汗をかいていた。

「——課長さん、紀平さん、大丈夫でしょうか」

と、女子社員に訊かれたが、

「そんなこと、私だって——」

分るわけないでしょ、と言いかけたが、紀平を一人で行かせたのは自分だ。「たぶん……大丈夫でしょ」

「でも、ひどいですよね！　コーヒーを頭からかけるなんて、あんまりです！」

「そうね」

しかし、だからといって典子が相手に抗議するというわけにはいかないのだ。何といっても相手はお得意先で……。

「私だったら、会社に出て来られなくなりますよ」

と、女子社員が言った。「紀平さん、様子おかしかったですね」

「え……。まあ、ちょっとね」

そう言われると、典子も心配になって来た。まさか、とは思うが、自殺でもされたら後味が悪い。

「ね、紀平さんの自宅って知ってる？」

と、典子は言っていた。

「じゃ、明日早いから、寝るよ」

と、かんなは言って、居間を出た。

「気を付けてね」

と、母の声がした。

――かんなは自分の部屋に入ると、キャスターの付いたスーツケースが開いたまま床に置いてあるのを見て、

「寒いかなあ……。もう一枚、セーター、持って行くか……」

と考えていた。

父が今夜は大阪へ行っているので、かんなは少し気が楽だった。もし家にいたら、かんなにあれこれやかましく言っただろう。

父はもともと、この旅行を面白く思っていない。それでも、学校の方が何の処分もしないと決めていたので、渋々《しぶしぶ》納得したのだ。

かんなは？

もちろん、知らない大人の中に混って旅行するなどというのは初めてのことで、不安

もないではない。しかし、どんな旅になるのか、どんな人たちと一緒なのか、ワクワクする気持の方が圧倒的に大きかった。

「あ、そうだ。――クリーム、持って行こう」

化粧はしなくても、お肌の手入れは必要である。洗面所で、必要なクリームやシャンプーなどを、小分けして、ビニール袋にしまった。

部屋へ戻ると、ケータイが鳴っていた。

「――紀平さん?」

「やあ」

「時間、早いね」

「ごめん。今はまずいかな」

「大丈夫。今日はもう寝ようと思って。明日早いから」

「ああ、そうだね。邪魔してごめん」

「そんなことないよ。――ちょっと待ってね」

母に聞かれることはないだろうが、一応念のため、部屋のドアを一旦少し開けて廊下を覗いてから、きちんと閉めた。

「――紀平さん、本当に温泉に行く?」

「うん。ホテルも予約したよ。同じホテルはまずいと思ったから、すぐ近く――というか、地図で見ると、真向いになる」

「私の泊るホテルと？　じゃ、うまくやれば会えるね」

「そうだね。ただ……もしばれたら、君、うまくないだろ」

「でも、紀平さんの顔知ってる人はいないだろうし。紀平さん、いつ帰るの？」

「東京へ？　さあ……」

「さあ、って……。会社、休むの？」

少し間があった。不自然なほど長い。

「紀平さん？」

「――会社、辞めるかもしれないよ」

紀平が、ごく当り前の口調で言った。

「え？」

かんなはちょっと詰って、「――それって、私のせい？　私とのことで？」

「いや、そうじゃない。本当だ。君とは何の関係もないよ」

紀平の言い方は率直で、信じてもいい気がした。

「それならいいけど……。でも、辞めて、どうするの？」

紀平は珍しく声を上げて笑った。

「君に心配されちゃ……。僕は一応三十五歳の大人だ。大丈夫。自分のことは自分で何とかするさ」

「だったらいいけど……。じゃ、もし向うで会えるようなら、ぜひね」

「うん。ケータイにメールするから」

「分った。待ってる」

かんなはずいぶん気が楽になって、通話を切った。

紀平が会社でも厳しく叱責されたことは聞いていたから、ずっと気になっていたのだ。でも、今の営業の仕事はあの人に向いていない。

今の会社を辞めて、新しい生活に踏み出すことができるなら、それはそれでいいことかもしれない。——いささか中学生にしては生意気だが、かんなはそう考えていた……。

12　道連れ

重いスーツケースをガラガラと引張りながら、かんなは息を切らしていた。

つい、「あれもこれも」と詰め込んで、ずいぶん重くなってしまったのである。

東京駅の中を引張って歩くだけでも、いい加減くたびれてしまった。

「あっちか……」

目指すホームはずいぶん遠かった。

やっと、そのホームの下に辿《たど》り着いたが、階段はずいぶん高い。ちょっと一休みしていると、

「かんなちゃん？」

と、声がした。

振り向くと、大学生らしい女の子が、かんなよりは大分小さめのバッグを引いて立っている。

「淡口かんなちゃんじゃない？」

「そうです」

「やっぱり！　イメージ通りだな。私、一緒に旅行に行く、岩元なごみ」

「そうですか」

「ずいぶん重そうだね」

「何だか色々詰め込んじゃって」

「ほら、反対側に上りのエスカレーターがあるよ」

言われて、初めて気が付いた。

「何だ。良かった！」

二人は一緒に笑った。

二人でホームへ上って行くと、

「こっち、こっち！」

と、少し離れた所から手を振っている爽香が見えた。

「あれが杉原爽香さん」

と、なごみは言った。「とってもいい人よ」

「河村先生から聞いてます」

「若く見えるけど、四十過ぎてるの」

と、なごみは言って、「年齢訊いちゃだめよ」

「はい」

と、かんなはつい笑ってしまった。

「いらっしゃい」

と、爽香がかんなに言った。「いい旅にしましょうね」

「よろしくお願いします」

と、かんなは頭を下げた。

ちょうど、列車がホームに入って来た。

「紹介は後でね」

と、爽香が言った。「ともかく乗ろう」

爽香たちは、爽香となごみを除くと四人。かんなを入れると、全部で七人になる。

「さ、指定席が取ってあるから」

と、爽香は言った。「七人だから、一人だけ座席が余るね」

「私、そこでも」

と、かんなが言うと、

「だめだめ。初めての人は、みんなと話しやすい席で。なごみちゃん、隣に座ってあげて」

「分りました」

「ともかく、荷物を棚に上げて。――私が一人の席に行くわ」

「だめです。そこは私が」

と、きちっとした感じの女性が言った。

「はいはい。――この人、久保坂あやめっていうの。私の部下だけど、怖いのよ」

「チーフ！　変な先入観を与えないで下さい！」

と、あやめが言った。

「まだ十分くらいある。――かんなちゃん、お昼は何か持って来た？　お弁当とか」

「いいえ。うちのお母さん、そういうことしてくれないんで」

「そう。じゃ、なごみちゃんと二人で、お弁当買って来てくれる？　七人分。お茶もね。適当でいいから」

「はい！」

かんなは、なごみについて、急いで列車を降りた。

「あそこに売店がある」

と、なごみが言った。

「適当に、って難しいですね」

「そうね。でも、それも経験」

「はい」

かんなはワクワクしていた。

もちろん学校の修学旅行などは経験していたが、知らない大人たちに混っての旅行は初めてだ。

売店に入ると、色んな駅弁がズラリと並んでいる。

「迷ってる時間ないよ。お金も払うから。かんなちゃん、選んで」

「あ——。はい」

どれがどれやら分らないが、ともかく二つずつ三種類と、サンドイッチを一つ買った。

レジでなごみが支払っていると、かんなが肩から斜めにかけたポシェットの中でケータイが鳴った。メールだ。

急いで見ると、紀平からで、

〈かんな君へ。僕の到着は夕方か夜になると思う。また連絡します。紀平〉

——本当に来るんだ。

会う時間が取れるかしら？

かんなとなごみは、重いビニール袋を手に、急いで列車へと戻って行った……。

「この辺かしら……」

いい加減、くたびれていた。

住所だけで大方の見当をつけてやって来たのだが……。矢吹典子の持っている古いケータイでは、ナビなどという便利なものは利用できないのである。

大分古そうな木造の二階家から出て来た人に、

「あの……すみません」

と、声をかけた。「この辺に〈光風荘《こうふうそう》〉っていうアパートはありませんか?」

ジャージ姿のその男性はちょっと目をパチクリさせて、

「それなら、ここですよ」

と言った。

「――え?」

「この家がそうです」

「これ……アパートなんですか」

典子は息をついて、「てっきり一軒家だとばかり……」

「一軒家を改装したんですよ」

と、その男性は言った。「ほら、そこに〈光風荘〉って看板が」

指さしてもらって、初めて分った。黒ずんだ板に、何か文字が書かれているのだが、そのつもりで読まないと、とても〈光風荘〉とは読めない。

「あの――ここに紀平さんっていう人、住んでます?」

と、典子は訊いた。

「ああ。二階の一番奥ですよ。一人住いの、ちょっと変った人ですよね」

「はあ……。どうも」

ともかく中へ入って、階段を上った。古い木の階段は一段ごとに耳ざわりな音をたてた。

一番奥……。といっても、ドアは三つしかない。

そのドアの脇には、〈S電機販売〉の名刺が画鋲で止めてあった。

典子は、ドアをノックしようとして、ためらった。――どうしてこんな所へやって来たんだろう?

昨日の紀平の様子がおかしかったので、どうにも気になったのだが……。

でも、そんなこと、私の責任じゃない! そうよ。どうせクビにしようと思っていた紀平のことを、そんなに気にしてどうするの?

典子はノックしようとして上げた手を、下ろしてしまった。今日はこのまま帰ろう。会ったところで、何を話せばいいのか分らないし……。

戻ろうと階段の方へ向いたとき、紀平が上って来た。そして典子を見ると、

「――課長、どうしたんです?」

と、目を丸くした。

「いえ……。ちょっとね、近くに来たもんだから」

こんな所の近くに用などあるわけがない。

「そうですか」

「昨日……大変だったじゃない？　気になってね」

紀平に向って言いわけしている自分に腹が立った。

「それはわざわざ……。どうぞ、入って下さい」

紀平が鍵を開けながら言った。

「いえ、でも……」

ためらったが、ここで会ってしまっては、入らないのも妙なものだ。

「じゃ、ちょっと……」

「狭い所ですが……」

確かに、ちょっとした板の間と、六畳の和室。それだけの部屋だ。

「あ、いいのよ、気にしないで」

「でも、すぐですから」

ポットのお湯で、日本茶をいれ、典子に出した。

「ありがとう」

飲んでみると、意外においしい。「――いいお茶ね」

「ありがとうございます」

紀平は嬉《うれ》しそうに言った。「お茶の葉だけはぜいたくしてるんですよ」

「いい香りだわ」

と、典子はお茶の香りをかいで、「――紀平さん、何だかこの部屋……油くさくない？」

と訊いた。

「すみません。石油ストーブに石油入れようとして、ちょっとこぼしちゃったんですよ」

「ああ、それでね」

紀平は自分もお茶をいれて飲みながら、ちゃぶ台に向った。

「でも、わざわざ来てくれるなんて……。びっくりしました」

こっちもびっくりよ、と典子は心の中で呟いたが、

「まあ、一応、あなたの上司だからね」

と、典子は言った。「本当に、あの〈K電機〉はひどいわよね。今度、所長に話して、文句言ってもらうわ」

「でも、お得意ですし。まあ、ゆうべちゃんと髪も洗いましたから」

と、紀平は言って、「ちょうど良かった。僕の方も、お話ししたいことが……」

「私に？　何かしら」

「少し——二、三日ですが、旅行に出ようと思ってるんです。いいですか？」

「もちろんよ。気分転換にもなるし、行ってらっしゃい。どの辺に？」

「温泉にでも……。少しのんびりお湯に浸《つか》って来ようと思ってます」

「いいことだわ。仕事の方は気にしなくていいから、行ってらっしゃい」

そのとき、典子のケータイが鳴った。「ごめんなさいね。——あら、何かしら」

昨日、紀平のことを気にしていた課の女の子からだ。

「——はい、もしもし」

と、典子は出て、「どうしたの？」

「課長さん！　ニュース、見ました？」

声が上ずっている。

「ニュース？　何かあったの？」

「今、ニュースで——ゆうべ、夜中に〈K電機〉が全焼した、って」

「火事？　まあ！」

「それが——放火らしいです。誰かが石油をまいて火を点けたって」

「石油……」

そのとき、典子は気付いた。この狭い部屋のどこにも石油ストーブがないことに。

石油の匂い……。

「それで、夜、残って仕事してた店員さんが一人、焼け死んだんです」

「まあ……」

「あの……まさか、とは思うんですけど」

典子の手から、いきなりケータイが取り上げられた。

紀平はケータイを切ると、

「どうしてわざわざ来たんですか?」

と言った。「放っといてくれたら良かったのに……」

典子の顔から血の気がひいた。

13 明暗

四人が向い合せの座席になると、たちまち話が弾んだ。

ともかく、淡口かんなも含めて七人が全員女性だから、何を決めるにも話が早い。

「杉原さんの所って、男の方はいないんですか?」

と、かんなは訊いてみた。

「いるわよ。でも今回はどうしたって女性が多いんで、一人二人男性が入っても、却《かえ》って気をつかうでしょ」

と、爽香は言って、「私のこと〈爽香〉でいいわよ」

「かんなちゃん、いくつ?」

「十五です」

えーっ、という声が上って、ともかくまずひと騒ぎ。

「信じらんない!」

「私の半分だ!」

「私、二十歳違い……」

かんなは、自分の年齢だけでこれだけ盛り上るのかと思って、笑ってしまった。

列車が動き出して三十分くらいすると、岩元なごみが席を立った。

トイレに行って、出てから手を洗っていると、ワッと後ろから抱きつかれて、思わず
声を上げそうになった。

「涼君！　――そういうことしないって約束でしょ」

と、なごみは涼をにらんだ。

「そうだっけ？」

涼は素早くなごみの額にキスすると、「僕は自由席にいるからね」

「座れた？」

「ちゃんと早く来て並んだよ」

「ならいいけど……。お弁当は？　涼君の分まで買ってないよ」

「大丈夫。ちゃんとカツサンド、買ったよ」

「そう。――居眠りしないでね」

「大丈夫さ。何か手伝うこと、あったらいつでも電話してくれ」

「分った」

「じゃ、着く少し前に、席に行くよ。荷物でもあれば」

「そうね。一応、みんなに挨拶してね」

それじゃ、と涼と別れて、なごみは席へと戻って行った。

ちょうど車内販売のワゴンが来ていて、コーヒーなど買っている。

「なごみちゃん、どう？」

と、爽香に訊かれて、

「あ、それじゃホットコーヒー」

「お金、後でね」

「はい」

かんなは熱い紅茶を飲んでいた。

なごみは席につくと、

「誰か、ケータイ鳴ってない？」

と言った。

「あ、私だ」

かんながポシェットからケータイを取り出し、「すみません、ちょっと……」

と、急いで席を立って行った。

「──いい子ですね、素直で」

と、部下の女性が言った。

「そうね」

と、爽香は肯いて、「なごみちゃん、あの子と色々話してみてね」

「分りました」

「別に、あれこれ訊き出さなくてもいいから。あの子が話したいことを聞いてあげて」

「そうします」

「でも、あの子、中年の男と付合ってたんでしょ？」

と、あやめが通路を挟んだ席から言った。

「そうらしいわね。でも、援助交際とかじゃなくて、普通に『友だち』だったらしいわよ」

「中学生と中年サラリーマン？」

「中年ったって、確か三十五とか」

「微妙な年齢ですね」

と、あやめは言った。「人によっては青年の内だし、もうくたびれた中年もいるし……」

「中学生の女の子相手に、グチをこぼしてたっていうんだから、どうも若々しくはなさそうね」

と、爽香は言った。

突然通話が切れて、心配になったので、聡子《さとこ》は何度か矢吹典子のケータイへかけ直した。

しかし、電源が切ってあるのか、つながらない。

「大丈夫かしら……」

と、聡子は呟いた。

入江《いりえ》聡子は、典子の部下で、紀平の同僚である。昨日、紀平がひどい目にあって帰社したのを見て、さすがに同情した。

しかし、今日TVでニュースを見て……。〈K電機〉への放火。――直感的に、

「紀平さんだわ」

と思った。

もちろん、証拠があるわけではない。でも、あんな目にあわされたら、誰だって怒る。

紀平の、あの冷静な態度は、却って怖かった。

「どうしよう……」

でも、ただの勘で一一〇番通報するわけにもいかない。矢吹典子が何か言って来るかも……。

もう一度かけてみようか。――休みなので、ベッドでのんびりしていた聡子は、起き

出して、コーヒーをいれた。

コーヒーが入ったら、かけてみよう。

すると、ケータイが鳴った。典子からだ。

「もしもし、課長さん？」

「あ、入江さんね」

「あの、さっき——」

「ええ、ごめんなさいね。何だか急に電波が入らなくなっちゃって」

と、典子は言った。

「そうですか。それならいいんですけど」

と、聡子は言った。「何だか心配になって。どう思います？」

「どう、って……。紀平さんのこと？」

「ええ。もちろん、何も証拠があってのことじゃないんですけど」

「そうでしょ？　めったなこと言うもんじゃないわ。紀平さんがそんなことするわけないわよ」

「そうですね……」

「あのね、私、紀平さんの所へ行って来たのよ」

「自宅にですか？」

「ええ、心配になってね。でも、大丈夫。私の取り越し苦労だって笑ってたわよ」

「そうですか。じゃ、偶然なんですね」

と、聡子は言った。「昨日のことがあったんで、私、びっくりして……」

「ちゃんと警察が調べてくれるわ。あのことは黙ってましょう。紀平さんに疑いがかかるようなこと、したくないでしょ？」

「ええ、それは……」

「私が保証するわ。紀平さん、じっくり話してみると、しっかりしたいい人よ」

「分りました。お騒がせして……」

「今度、紀平さんも一緒に、飲みましょうね。もっとお互いよく知り合っておくべきだったわ」

「課長さん、おごってくれるんですか？」

典子は笑って、

「いいわよ、もちろん。それじゃ」

「はい、ご苦労様です」

通話を切って、入江聡子は、「何だ。どうってことじゃなかったのね」

と呟いたが……。

コーヒーをいれて、聡子はのんびりとＴＶをつけながら飲んだ。

ニュースで、また〈K電機〉の火事をやっている。聡子はちょっと首をかしげた。

どこか変だ。――あの課長のしゃべり方。あんな話し方をするのは聞いたことがない。

それに、紀平を「しっかりしたいい人」だと言っていたが、聡子にはとてもそう思えない。

紀平のアパートに行った？　そこで、どんな話をしたんだろう？

もちろん、矢吹典子の話を疑う根拠があるわけではない。ただ――いつも見ている課長と、あまりに違っている。

あんな話し方を、なぜ……。

聡子は、しばらく考え込んでいたが、やがて肩をすくめて、

「ま、いいか」

と呟いた。「私の知ったことじゃないわ」

聡子は買物に出るつもりだったことを思い出して、立ち上った。


「武藤竜次《りようじ》……」

淡口公平は、プリントされたものを、しばらく眺めていた。

「たぶんその男のことだろうと」

と、玉川早苗は言った。「色々、企業絡みのスキャンダルを見付けては、金を出せと

言っているそうです」

「そうか……」

淡口公平は、自宅のリビングにいた。

秘書の早苗が連絡すると、

「すぐ来い」

と言われてやって来たのである。

「どうしましょう？」

と、早苗は訊いた。

まるで、アメリカのギャング映画に出て来るボスみたいに、派手なシルクのガウンをはおった淡口は少し考え込んでいたが――。

やがてポツリと、

「金だな」

と言った。

「社長――」

「そういう奴の狙いは、要するに金だ。佐伯をどう使ってるのか分らんが、ともかく金で話をつけよう」

「問題は金額ですね」

「そうだ」

と、淡口は肯いて、「向うの要求を呑んだら、一度で済まなくなるかもしれん。特に今回は会社そのもののスキャンダルというわけではない。かんなの問題は、一切処分なしということになったんだ。こっちに弱みはない」

「では……」

「ともかく、この武藤に何とか連絡を取れ。後は俺が交渉する」

「分りました」

と、早苗は言った。「佐伯には知らせなくていいですね」

「もちろんだ。何も言うな。——全く、ああいうチンピラと係ると、ろくなことがない」

淡口は舌打ちした。「もちろん、M女子学院への寄付は出さにゃならん。余計な出費が多いな」

テーブルに置いた淡口のケータイが鳴った。

「出ましょうか」

「ああ、頼む」

早苗がケータイに出ると、

「——秘書の玉川でございます。今、淡口と替ります」

と、淡口の方へ、「M女子学院の桐生様です」

「噂をすれば、か。——もしもし、お待たせしまして」

と、淡口は言った。

「実はちょっと厄介なことがありましてね」

と、学院長の桐生が言った。「武藤という男、ご存知ですか？」

淡口は一瞬詰った。

「——もう、そちらにも話が行きましたか」

「すると、そちらの会社にも？」

「まだ直接は。学院へは何と言って来たんですか？」

「生徒のスキャンダルを公表しないでほしければ、一億出せと」

淡口は唖然とした。

「それはまた……。ふっかけて来たものですな」

「もちろん、こちらとしては払うつもりはありません。しかし、突っぱねて、それで済む相手でしょうか」

「少しお待ち下さい。こちらで色々当ってみようと思います」

「どうぞ、よろしく」

桐生も、多少ホッとした口調だった。

淡口の話に、早苗は啞然として、

「一億ですか?」

「もちろん、そんなにふんだくれるとは思っているまい。しかし、万一のとき、武藤がどの程度のことをやる力を持っているか、確かめておかんとな」

「そうですね」

「厄介だな」

と、淡口はため息をついて、「この手の話に詳しい人間はいないか」

「私もよくは存じませんが……。もしかすると……」

「何だ?」

「いえ、直接知っているわけではないのですが、前にどこかの企業で、トラブルの仲介をしてくれる人間を捜していたと……。担当していた女性を知っています。訊いてみますか?」

「頼む。細い糸でも、たぐって行けば大本に辿り着けるかもしれん」

「もう彼女は結婚して家庭に入っていますが、連絡は取れると思います」

早苗はケータイを取り出して、すぐにかけてみた。「——あ、もしもし? ——ごめんね、突然電話して。——ええ、元気よ。そちらは?」

電話を通して、元気な赤ん坊の声が聞こえていた。早苗は笑って、

「大変そうね。——一つ、訊きたいことがあって……」

早苗は個人名を出さないようにして、ザッと事情を説明した。「あなた、秘書のときにそういう裏の事情に詳しい人と会った、って言ってなかった?　——そう、もしできれば連絡してみたいの。——え?　〈消息屋《しようそくや》〉っていうの?」

14　残像

「またえらく派手にやらかしたのね」

と、ホステス仲間がからかって、「彼氏と取っ組み合いでもしたの？」

野口知代は、わざと明るく、

「そんなところ。みっともなくてごめんなさい」

と応じた。

自分で傷つけた左腕に包帯しているのが、ともかく目立つ。バーでは長袖を着るわけにいかない。

いっそのこと、目立つのを承知で、話の種にするしかない、と思ったのである。

「いらっしゃいませ」

——店のにぎわう時間になっていた。

知代も、何人かのなじみの客の相手をして、必ず、

「どうしたんだ、その包帯？」

と訊かれて、

「ご想像に任せます」

とか、

「何だと思う？」

と、笑って見せていた。

「知代ちゃん」

と、ママに呼ばれる。

「はい」

と、立ってホッとした。

少ししつこい客で、そろそろ席を立ちたかったのだ。

「あちら、ぜひ知代ちゃんにって」

言われた方へ目をやって、知代は息を呑んだ。――松代がソファに座っていたのだ。

「なかなかすてきじゃない。紹介してよ」

と、仲間のホステスが囁《ささや》いて行った。

仕方ない。客は客だ。

しかし、松代はなぜか普通のビジネススーツに白のワイシャツ。ネクタイも平凡なストライプ柄で、どう見ても会社員としか思えなかった。

「いらっしゃいませ、知代です」

と、隣にかけて、「初めに何を?」

「水割りにしよう」

と、松代は言った。「どうだ、傷は?」

「おかげさまで……」

「おかげさま、か」

と、松代はちょっと笑った。

知代はコーラを飲んで、

「武藤様のご用ですか」

と言った。

「いや、違う。今日は俺が個人的に来たかったんだ。迷惑か」

「いえ、そんなことは……。それでその服装ですか」

「ああ。普通のサラリーマンに見えるか?」

「はい。もちろん目つきなんかは……」

「目つきが悪いか」

「鋭いです。でも、どうしてそのスタイルでここへ?」

「どうしてかな」

松代はちょっと笑って、「たまにゃ、こんな風に普通の格好をして、人がどんな風に見るか、知りたかったのさ」

水割りを一杯空けると、もう一杯注文しておいて、

「苦労するな、ああいう弟を持つと」

と言った。

「縁ってものですから。仕方ありません」

と、知代は言った。「あの子は悪い子じゃないんです。真面目に働かなきゃいけない、とも思ってるみたいです。ただ——少し世の中を甘く見ているところが……」

「今度のことで、心配だろう。あいつが俺たちの世界にどっぷり浸ることにならないか」

「お願いです。あの子は度胸もないし、頭が切れるってわけでもありません。今回のことは何とかお金で始末をつけますから、忠夫を自由にしてやって下さい」

「しかし、奴が俺たちの世界を選んだら仕方ないぞ」

「それは……何とか言い聞かせて……」

と、知代は力なく言った。

忠夫も知代の気持はよく分っている。しかし、つい「楽な道」を選んでしまう性格だということも、知代は知っている。

「金のことは、お前じゃ無理だ」

「というと……」

「社長はM女子学院に一億要求した」

「一億……」

知代は愕然《がくぜん》とした。

「もちろん、ふっかけてるだけで、実際に取れると思っちゃいない。しかし、どう値引きしても、お前や佐伯の手におえる額じゃない」

「そうですか……」

知代は嘆息した。

「それはそれだ」

と、松代は言った。「俺は普通の客だぜ。そのつもりで相手してくれよ」

「はい、もちろん」

「そう怖い顔するなよ。大丈夫だ。あんな真似はしないよ」

松代は、意外なほど穏やかな口調で言った。知代は松代がどういうつもりなのか分らず、不安だったが、忠夫のことを考えると、松代を怒らせないようにした方がいい。

「人気があるんだろ、この店では」

と言われて、

「いえ、そんな……。もっと若くてきれいな子がいますもの。もう一人つけます?」

と、知代は訊いた。

「いや、結構だ。俺はお前に会いに来たんだからな。悪いか」

「そんなことありませんけど……。私なんか地味で……」

「しかし、他の女は自分で腕を切ったりしないだろう」

「やめて下さい。——お店のママには、手が滑ってノコギリでやった、と言ってあります」

「聞いただけで痛そうだな」

「みんな、彼氏と立ち回りでもやったのかってからかって来ます。——もう済んだことです」

「確かにな」

「そういえば、忠夫が言ってました。松代さんは血を見るのが苦手だって」

「余計なこと、しゃべりやがって」

と、松代は苦笑して、「そうなんだ。小さいころから、人が鼻血を出しただけで貧血を起こしてた」

「まあ」

「笑ったな」

「え?」

「普通に笑った。いい笑顔だ」

「どうも……」

知代は、どうやら松代が本気で自分を好きになりかけているらしいと分って、唖然とした。

客だ。あくまで客なんだ。

知代はそう自分へ言い聞かせた……。


「さあ、お風呂!」

と、爽香は言った。「せっかく温泉に来たんだから」

夕食の前に入っておこう、ということになった。

かんなは岩元なごみと同じ部屋。

爽香は一人部屋ということになった。

「チーフはぐっすり眠って下さい」

と、あやめに言われた。「みんなで話したんです。チーフを休ませるのが、今度の旅の第一の目的って」

「ありがとう」

と、爽香は素直に言って、「でも、何か大事な仕事の連絡があったら、言ってね」

「もちろんです。会社が倒産したら、お知らせします」

どこまで本気か分らないあやめである。

部屋で荷物を整理した爽香は、ともかく浴衣に着替えた。

「タオルは大浴場に、か……」

部屋を出ようとすると、ケータイが鳴った。

「あら。――もしもし」

「やあ、元気か」

松下《まつした》である。

「何とか。今、温泉に来てるんです」

「へえ。呑気でいいな」

「社長の命令なんですよ。部下連れて。――何かあったんですか?」

「M女子学院って知ってるか」

「もちろん」

「確か、お前の先生がいる学校だったな」

「そうです。何かM女子に……」

「俺の所に、武藤って男についての照会があった」

「学校からですか？」

「いや、〈N情報サービス〉って会社からだ」

「本当ですか。じゃ、社長の淡口さんが？」

「直接連絡して来たのは秘書の女だ。社長は淡口公平だったな。知ってるのか」

「あの……。それで武藤って人は？」

「スキャンダルを起した会社や学校をゆするのが得意な男だ。M女子学院に大そうな金を要求して来たらしい」

「そうですか……」

「本来なら、依頼人の秘密だが、お前は別だ。俺の仲間だからな」

「勝手に仲間にしないで下さい。でも、ありがたいです」

「何か係りがあるのか」

「社長の淡口さんの娘さんが今、一緒に温泉に来ています」

「ほう」

松下もちょっとびっくりしたようで、「M女子の生徒か」

「今、中三です」

「まあ、今のところ、そう物騒なことにはならないと思うが、一応伝えとく」

「ありがとうございます」

「亭主も一緒か」

「明男ですか？　いいえ、仕事がありますから」

「そうか。何日くらいそこにいるんだ？」

「一週間です。予定ですけど」

「なるほど」

「——何ですか？」

「いや、別に。ま、のんびりして来い。何かあれば知らせる」

「分りました。わざわざどうも……」

爽香は通話を切って、ちょっと首をかしげた。どうして明男のことなんか……。

廊下へ出ると、涼が浴衣姿でやって来た。

「ご苦労様」

と、爽香は言った。

列車を降りて、ホテルのバスに荷物をのせるとき、涼がほとんど一人でやってくれた。

「これからお風呂？」

「ええ、そうよ」

「じゃ、一緒に」

歩き出して、爽香は、

「涼ちゃん。何もないとは思うけど、一応用心棒なんだから、あんまり酔っ払わないでね」

「大丈夫だよ」

と、涼は笑って、「――おばちゃん、何かあるの？」

「そうじゃないけど……」

「話してよ。僕はあの子もなごみも守らなきゃいけないんだから」

「危険とか、そういうことじゃないの。ただ、あのかんなちゃんの学校が……」

「M女子？」

「そう。――何もなけりゃいいけど」

二人がロビーへ行くと、もうさっさと入浴して来たメンバーが、ロビーのマッサージチェアを使ってはしゃいでいる。

「あ、涼君だ」

涼もすっかり人気者だ。

「かんなちゃんを見た？」

と、爽香は訊いた。

「今、お風呂ですよ。あのなごみって子と一緒で」

「そう……」

ま、ともかく今日は第一夜だ。そこへ、

「私、お風呂に浸って来ました」

と、かんながやって来た。

大きすぎる浴衣で、頬をポッと染めた少女の様子に、爽香は一瞬、珠実ちゃんも、あと何年かしたら、こんな風になるのかしら、と思ったのだった。

15　破綻

自宅のマンションまでが、途方もなく遠かった。

北風の中、コートの前をしっかりと抱きしめるようにして、矢吹典子は夜道を急いでいた。

もう夜中になっている。――あの紀平のアパートを出たのが、ずいぶん遅かったのだ。

体が震える。時折涙がこぼれた。

つい何時間か前、あのアパートで経験したことが、悪夢のようだ。それでも、今はこうして生きている。生きて、歩いている。

「早く……。早く着いて……」

と、典子は呟いていた。

そして少し行く度にハッと後ろを振り向く。

紀平がすぐ後ろに立っているような気がするのだ。

でも――大丈夫。紀平は出かけて行った。呑気に、「温泉旅行に行くんですよ」と、楽しそうな様子で言って……。

ああ……。もうマンションが見える！　典子はいつしか走り出していた。そしてマンションのロビーへ飛び込むと、エレベーターへ駆け寄った。

自分の部屋のドアを開けたとき、一瞬、紀平が待っているのではないかという恐怖を覚えて立ちすくんだ。

でも……大丈夫だった。

中へ入って鍵をかけ、上ると、明りを点けて、崩れるようにソファに座った。

私は……生きてる。生きて、帰って来た。

安堵すると、一気に涙が溢《あふ》れて来た。

「暖房……」

部屋を暖めなくては。典子はよろけながらエアコンのスイッチを押した。

温風がじかに顔に感じられるまで、典子はその場に立ったままだった。

「ああ……。暖かい」

吐息と共に呟くと、やっと体がほぐれる感じがした。

よろけるように寝室に入ると、明りを点け、それからベッドの前に立って、震える指でコートのボタンを一つずつ外して行った。

あの紀平のアパートから帰って来る間、電車の中でも、道でもコートのボタンを一番上まできっちりととめていた。まさか誰も思わなかっただろう。コートの下に、典子が何も着ていないとは……。

クローゼットを開けて下着を取り出し、身につけた。体はまだ冷たかったが、下着のサラサラした感触は感じられた。

お風呂に入ろう。――バスルームへ行き、バスタブにお湯を入れる。

その水音が、快かった。

あのとき……。

「どうしてわざわざ来たんですか？　放っといてくれれば良かったのに……」

そう言った紀平は、恐ろしいほど冷ややかな目で、典子を見つめた。

典子はゾッとして、

「分ったわ。――帰るから」

と、立とうとした。

しかし、紀平は典子を畳の上に突き倒して、

「そうです。〈K電機〉に火をつけたのは僕ですよ」

と言った。「まさか、人が残ってるとは思わなかった……。済んじゃったことは仕方ない。そうでしょ？」

「ええ……。よく分るわ、あなたの気持は。誰にも言わない。誓うわ」

「どうですかね。――信用していいのかな」

「ええ、絶対に！　何も言わない！」

紀平はしばらく典子を見つめていたが、台所の流しの下の棚を開けると、赤いポリ容器を取り出した。

「紀平さん……」

「ゆうべ使った石油が、まだ残ってるんですよ」

と、注ぎ口のふたをひねって開ける。「課長さん。――もし、ひと言でも洩《も》らしたら……」

「紀平さん……」

紀平は容器を持ち上げると、典子の体に石油をふりかけたのである。典子は、

「やめて！　――やめて、お願い！」

と叫んだ。

典子の服に石油がたっぷりとしみ込むと、紀平はポケットからライターを取り出し、カチッと火を灯《とも》した。

「紀平さん……。お願い……。助けて……」

恐怖で、身動きできない典子の上に、紀平はライターの火をかざして、

「僕の目を真直ぐ見て、誓って下さい。今日のことは一切口にしない、って」

と、穏やかに言ったのだった……。

典子は何度も誓わされた。震える声で、泣きながらくり返した。

「――いいでしょう」

と、紀平は言った。「じゃ、入江さんに電話して下さい」

「入江さんに？」

「急に切れて、心配してますよ、きっと。何でもなかったんだって話して下さい」

紀平がケータイを渡した。

典子には分った。紀平は典子をテストしている。

典子は入江聡子にかけて、何とか普通の声で話せた。自分でも意外なほどだった。

「――それでいいんです」

紀平は急に優しい口調になって、「すみませんでしたね、怖がらせて」

「いいえ……」

「昨日は僕に同情してくれてましたね。嬉しかったですよ」

「そう……。本当にね、よくあなたは辛抱して……」

「石油で服が匂ってますね。脱いだらどうですか？」

「――え？」

「気持悪いでしょ」

典子は言われるままに服を脱いだ。下着まで油がしみ込んでいた。典子は、紀平が自分を犯そうとするのかと覚悟していた。ともかく、ここは逆らわずに言われる通りにしよう。

しかし、紀平は典子が裸になると、どう見ても照れて目をそらし、

「コートだけでも帰れるでしょ。夜になってからの方がいいでしょうけど」

「ええ。大丈夫」

「じゃ、僕はあの子と会うことになってるんで、出かけます。温泉に行くんですよ」

紀平は嬉しそうに、そして少し恥ずかしそうに言った。——ついさっき、典子を焼き殺そうとしたことなど忘れている。

「どうぞ、出かけて」

と、典子は言った。

「ええ。もう仕度はできてるんです」

紀平はボストンバッグを出して来た。そして、大きなビニールのごみ袋に典子の服を詰めて、

「洗っても、匂いが落ちないでしょうから、出がけに捨てて行きます。いいですね」

「ええ、結構よ……」

紀平は出かける仕度をすると、

「じゃあ……。鍵はかけないままでいいですよ。盗まれるようなものもないし」

と笑って、「行って来ます」

「行ってらっしゃい……」

紀平は口笛など吹きながら、部屋を出て行った。

裸で取り残された典子は、改めて身震いした。——まともじゃない。

警察に行く？　でも、紀平はきっと後で典子を殺すだろう。

もう——もう忘れよう。

何もなかった。何も知らない。そう。それでいいんだわ。

典子は、熱い風呂に入り、体を何度も洗った。いつまでも石油の匂いが消えない気がしたのだ。

いい加減のぼせて、風呂を出ると、体に香水をスプレーした。

服を着ると、やっと空腹感が襲って来た。

典子は、上等なスーツを着て、一番いいバッグを持った。

マンションを出ると、タクシーを拾って都心の一流ホテルへ。——クリスマスや誕生日にしか入らない、ホテルのメインダイニングで、夕食を取った。

「ワインのお味はいかがですか？」

と、店の人に訊かれて、

「ええ、結構ね」

やっと、グラスを揺らす。

と、典子は自分らしい感覚が戻って来たと感じていた。

「あら……」

ケータイがバッグの中で鳴った。取り出してみると、入江聡子からだ。

「ちょっと急な用で。ごめんなさい」

と、店の人に言って、席を立つと、レストランからロビーに出た。

「もしもし」

「あ、課長さん」

と、入江聡子がホッとしたように、「今、お話ししてても？」

「ええ。ホテルで食事してたの」

「あ、豪華ですね。男性と、ですか？」

「想像に任せるわ。何か用事？」

「いえ……。すみません。昼間、お電話いただいたとき、何だか様子が……。いつもの課長さんらしくないなと思って、気になってたんです」

「まあ、それでかけてくれたの？」

「大丈夫なんですね。それならいいんですけど」

「心配してくれてありがとう。大丈夫よ、私」

「そうですよね。課長さん、紀平さんなんかに負けてないですもんね。もし紀平さんが言い寄ったりしたら、パンチ一発、食らわしてますね」

と、聡子は自分の言葉に笑って、「お食事の邪魔してすみません」

「いいえ。——紀平さん、温泉に行くそうよ。二、三日お休みするでしょ」

「そうですか。温泉！　いいな、私も行きたい」

「今度一緒に行きましょう」

「いいですね！」

「じゃ、月曜日にね」

——典子は通話を切って、レストランの中に戻った。

「赤をもう一杯ちょうだい」

と、注文する。

ワインの酔いが回って来ると、典子の中に紀平に味あわされた屈辱感がこみ上げて来た。

聡子の言葉が胸を刺した。

「課長さん、紀平さんなんかに負けてないですもんね」

そうよ。私が負けるもんですか！

カッと体が熱くなった。紀平に向って、泣いて命乞いをしたこと。見ている前で裸になったこと。

あのとき、どうして立ち向わなかったんだろう。——きっと、争えば勝てたはずだ。

「赦《ゆる》さない……」

と、典子は呟いた。

紀平に思い知らせてやらなくては。典子の方が上にいるのだということを。

あんな風に典子を扱ったことを、後悔させてやるのだ。

「——そうだわ」

このまま放っておいたら？

警察へ通報すれば簡単だ。しかし、それでは仕返ししたことにはならない。

いや、いずれ警察は紀平が犯人だと調べ上げるだろう。だが、紀平が供述したら？

典子を脅して、泣かせ、裸にしたことまでしゃべるだろう。そうなれば、典子も話を訊かれる。

もし、その話がＴＶや週刊誌に流れたら？

典子はみんなから好奇の目で見られるだろう。裸になって、何もなかったと言っても、信じてくれないだろう。

恥ずかしいから、ああ言ってるだけだ、と思われる。

食事が終って、典子はコーヒーを飲みながら、考えた。

紀平は、あの淡口かんなという女の子を追って温泉に行っている。紀平の泊るホテルも、ちゃんと聞いていた。

紀平は上機嫌で、何もかもしゃべって行ったのである。

そう。あの男はまともじゃない。

あんな男が、中学生の女の子を追って、温泉にまで……。

もし、旅先で事故が起ったら？　死んだのが紀平みたいな男だったら、誰も気にしないだろう。誰が悲しむわけでもない。

「そうだわ……」

と、典子は呟いた。

一日、二日、風邪でもひいて会社を休んでも別におかしくない。

温泉に行こう。紀平と同じホテルに泊ってやる。そして、機会を見て……。

「絶対に」

と、典子は声に出して言った。「しゃべらせるもんですか」

「あの……」

ウエイターが足を止めて、「何かお気に召さないことでも……」

「いいえ」

と、典子はニッコリ笑って、「とても結構よ。申し分ないわ」

「ありがとうございます」

ウエイターがホッとした表情で、「コーヒーのお替りはいかがですか？」

と言った。

16 解放

淡口かんなは、目を覚まして、ちょっと当惑した。

どこだっけ、ここ？

自分の部屋じゃない。でも、すぐに思い出した。

そうだった！　ゆうべのことは、夢じゃなかったんだ。

「おはよう」

と、声がした。

「あ、なごみさん」

かんなは布団に起き上って、「私、寝坊した？」

「いいえ、大丈夫。そろそろ起こそうかと思ってたけど」

なごみは浴衣姿。「朝ご飯の前に、一度お湯に浸って来ない？」

「あ！　行きます！」

と、かんなは声を上げた。

こんなにスッキリと目覚めるなんて、本当に珍しい。ゆうべはずいぶん遅くまで、なごみとおしゃべりしていたのに、こうして起こされるのではなく起きられて、しかも寝不足という気もしない。

「じゃ、ロビーにいるわ」

と、なごみが出て行く。

かんなは急いで起き出すと、顔を洗った。

「ああ……」

家を出て、こうして一人で旅行に来るなんて、初めてだ。

昨夜は、爽香たち「大人」と一緒に食事をして、もちろんビールは飲まなかったけど、何だか一緒に酔ったみたいだった。

食事の後、ホテルの中のカラオケで、かんなも歌った。

十時を回って、「もう寝て」と言われ、なごみと二人、お風呂へ行き、そして部屋へ戻って布団に潜り込んだ……。

「——楽しかった！」

と、思い切り伸びをして、かんなは声に出して言った。

タオルを手に部屋を出ると、

「やあ、おはよう」

「あ、涼さん」

杉原涼が、やはりタオルを手にやって来る。

「よく眠れた？」

「ええ、ぐっすり！」

かんなは、楽しげに言って、「なごみさんと待ち合せてるんですか？」

「そうじゃないよ。大浴場だって男女別じゃないか」

「でも――いいなあ。なごみさんと恋人同士なんでしょ？」

「そうだな」

と、涼は笑って、「一応ね」

「あれ？　もしかして、私がお二人の邪魔してる？」

「そんなことないよ。僕はボディガードだからね」

「ボディガード？　誰の？」

「君たちみんなの、さ。爽香さんって、いつも危い目に遭うくせがあってね」

「変なくせですね」

「うん。でも、あの人は色んな人に頼られるんだ。だから、トラブルに巻き込まれやすい」

「へえ。たとえばどんなトラブル？」

「そうだな。――殺人事件とか」

「え？　本当に？」

「今回は大丈夫だと思うけどね」

と、涼は言った。「でも、いつ何が起ってもおかしくない。それが人生さ」

かんなは笑って、

「涼さんって、大人みたい」

「おい、僕は大人だぜ」

「恋人がいるから？　私だって、ボーイフレンドくらいいる」

ロビーで、なごみが新聞を広げている。

「あ、一緒に来たの。――じゃ、ザブッと入って来よう」

と立ち上って、タオルをつかんで、促した。

歩き出したとき、玄関の方で、

「いらっしゃいませ」

「朝食だけいただけますか？」

というやりとりが耳に入って、かんなは振り返った。

あの声――。

紀平だ。玄関を上って来ると、中を見渡すようにして、かんなを見た。

かんなは、そっと小さく手を振った。

なごみと涼は並んで先を歩いている。

紀平が微笑んで肯いた。

来てくれたんだ！

でも、今は話ができない。かんなは足早になごみたちを追った。

朝食のテーブルはいくつかに分れていた。

かんなは、なごみと涼と一緒のテーブルについた。そこは、朝食を食べている紀平の近くだった。

「おはよう」

爽香がやって来て、「寝過すとこだった。かんなちゃん、よく眠れた？」

「はい！　朝風呂に入って来ました」

「まあ、偉い」

と、爽香は笑って、「今日は裏山を散歩しようと思ってるの。幸いお天気もいいし」

「分りました」

爽香は、久保坂あやめの待つテーブルへと足を向けた。

「おはようございます」

あやめが食事の手を止めて、「よく眠れましたか?」

「ええ。でも、夜中に二回起きちゃったわ。――何か仕事の連絡ある?」

「特にありません。週末ですよ」

「そうね」

爽香は洋風のハムエッグとトーストの朝食にして、コーヒーを飲みながら、ケータイのメールを見た。

「珠実ちゃんからだ。返事しとかないと」

「可愛いですね。チーフも子供のころ、あんなでした?」

「ちっとも」

と、爽香は苦笑して、「カメラ向けられると不機嫌になる子だったの。仏頂面した写真ばっかり」

「あ、そうだ」

と、あやめが言った。「栗崎さんのマネージャーさんから、出席確認のメールが来てますけど」

「うん……。何とかトンボ返りで行ってくるわ。一日だけ、お願いね」

「分りました」

爽香は、トーストを食べながら、何となくかんなの方へ目をやっていた。

かんなはゆうべ、好奇心で目を輝かせていた。あれでいいのだ。

自分の知らない世界が、沢山あるということ。それを知るだけでも、人は成長する。

「あ、いけね」

涼がおはしを落っことした。

「持って来てあげる」

なごみがすぐに立って、カウンターの方へ行った。

そのとき、爽香は、かんなが素早く振り向いて、別のテーブルの男の客に何か渡すのを見た。

涼となごみは気付いていない。

あの男の人……。かんなは、手紙かメモのようなものを手渡していた。

なごみがおはしを持って来て、涼に渡す。

「ごめん」

三人が、またおしゃべりしながら食事を続けた。爽香は、その男が、かんなから受け取った紙を開いて読んでいるのを確かめた。

あれは、おそらくかんなが「お付合していた」という男だろう。確か紀平といった。

「チーフ、どうかしました？」

と、あやめが訊いた。

「うん、ちょっと……」

爽香は、テーブルの上の紙ナプキンを一枚取ると、ボールペンを取り出して手早くメモを書くと、あやめに渡した。あやめはそれを読むと、

「じゃ、私、先に戻ってます」

と、立ち上った。

あやめは、涼たちのテーブルに寄って、

「ちゃんと山道を歩けるような靴はいて来た？」

と、声をかけた。「――じゃ、後で連絡するわ」

爽香は、他の部下たちと話しながら朝食を終えて、食堂を出た。あの男はまだ食事している。

あやめが爽香の部屋の前で待っていた。

「どう？」

「ちゃんと撮れてます」

あやめは爽香に言われて、涼たちのテーブルに寄ったとき、隣のテーブルの男の写真をケータイで撮っていたのだ。

「あの人――」

「たぶん、かんなちゃんの彼氏じゃないかと思って」

爽香は写真を自分のケータイに送らせてから、河村布子に電話した。事情を話して、

「これからそちらに写真を送りますので、その男の人を確認して下さい」

写真を送ると、すぐ布子からかかって来た。

「その人よ。紀平良一といったわ」

「そうですか」

「でも、困ったわね。かんなちゃんのことはともかく、その男のことまで、あなたに頼むわけには……」

「いえ。かんなちゃんに係ることですから、私の仕事の内です」

と、爽香は言った。「お力を借りる必要があればご連絡しますので」

「よろしくね。面倒なこと頼んで、ごめんなさい」

と、布子は恐縮している。

「――いつものことですよね、チーフは」

と、あやめがそばで呟いた。

爽香は、通話を切ると、

「ともかく、仕度しましょう。山歩きにはついて来ないでしょ、あの男も」

自分の部屋に入って、爽香は出かける仕度をした。

しかし――あの紀平という男、何を考えているのだろう？

かんなにしてみれば、紀平がこんな所まで来てくれて、面白がっているだけだろう。中学生の身では、大人が思うほど深刻に受け止めてはいないだろう、と爽香は思った。

問題は紀平の方である。紀平の会社でも、かんなとのことは知られているそうだし、この週末はともかく、月曜日になれば出社しなくてはならないだろう。

そして、こんな所まで、かんなを追いかけて来たことが知れたら、会社を辞めさせられるかもしれない。

そんなことぐらい分っているだろうが、なぜ危険を冒してまで、ここへやって来たのか？

着替えていた爽香の手が止った。

「――まさか」

もし、紀平が本気でかんなに想《おも》いを寄せていて、ここまで追って来たとしたら……。

爽香はケータイを手に取ると、涼へかけた。

「どうしたの？」

と訊く涼へ事情を説明して、

「まさかとは思うけど、もし紀平が、かんなちゃんを巻き添えに死のうとしていたら……」

「そんなことまで？」

「見たところは分らないけどね、万一ってことがあるでしょ」

この旅行先で、かんなの身にもしものことがあったら、布子の責任が問われることになるだろう。

「分った。じゃ、僕にも写真を送って」

と、涼は言った。「このホテルに泊ってるのかな」

「さあ、どうかしら。朝食をとるのは、普通浴衣とかでしょうけど、紀平は——。そうだわ、空いた椅子にコートをかけてた」

と思い出して、「他のホテルから、朝食だけとりに来たのよ」

「じゃ、調べるのは難しいね。うまく出会えば、後を尾けてでも、どのホテルか分るけど」

「ともかく用心しておいて。今、写真をそっちに送るから」

爽香は、紀平の写真を涼のケータイへ送った。

そして、ため息をつくと、

「本当に、私って『危ない人』なのかしら……」

と呟いたのだった。

17 日差し

どういうことだろう……。

野口知代は、少なからず当惑していた。

「今日は風もなくて、暖いな。厄介なことを忘れてのんびりするのも、いいもんだ」

まるで普通の彼氏みたいなことを言っているのが、武藤の子分の松代だから何だか妙なのだ。

まあ、確かに松代の言っていることは間違いじゃない。ただ——こんな郊外へドライブに来て、静かな湖を見下ろすレストランでランチをとっていることが、信じられなかった。

「どうだ、味は?」

と、松代が訊いた。

「ええ。おいしいですね」

知代は正直に言った。

「そうか」

松代は何だかホッとした様子で、「俺はこういう料理の味は分らない。うちで事務をやってる女に訊いたら、ここを教えてくれたんだ」

「そうですか……」

ドライブに誘われて、知代は迷った。松代は知代の店にもやって来ているし、どうやら冗談でなく、本気で知代が好きらしい。

しかし、知代は夫のある身だ。だが、断れば佐伯忠夫がどうなるのか、それが心配で、こうしてやって来た。

「ただのドライブだ。夜までには送る」

と、松代は言っていたが、もし、途中ホテルにでも入ろうとしたら？

拒んで済むだろうか。忠夫の身も心配である。

「――無口だな」

と、松代が言った。

「すみません」

と、知代は急いで言った。「こういうことに慣れていないものですから」

「心配してるのか。帰りに、どこかのホテルにでも車を入れるんじゃないかと」

「いえ、そんな……」

「心配しなくていい。またお前に腕でも切られたら、俺は本当に貧血を起しちまう」

と言って、松代は笑った。

「はあ……」

知代は、やっと笑みを浮かべた。

「――もちろん、お前がそうしたくて、俺とホテルに入ろうって言うんなら話は別だ」

「私は……夫がいます」

「分ってる。――無理は言わないよ」

知代は甘さを抑えたデザートを食べながら、

「松代さん。どうして私なんか……。松代さんなら、もっと若くて可愛い子がいくらでもついて来るでしょう」

「そんな女に興味はない」

と、松代は即座に言った。「俺だって、普通の男なんだ。女なら誰でもいいなんてことはない。分るか」

「はい。すみません。別にあなたのことをただのヤクザだとか思ってるわけでは……」

と言いかけて、「でも――やっぱり少しそう思ってました。ごめんなさい」

松代は楽しげに笑って、

「お前の、そういう正直なところがいい。もったいないな、サラリーマンの女房にゃ」

松代のケータイが鳴った。取り出して、チラッと見ると眉をひそめて、

「ちょっと外すぜ」

と立ち上った。

知代はホッと息をついた。

これからどうしようというんだろう？　まだ夕方までは何時間もある。

知代のケータイも鳴り出した。忠夫からだ。知代は化粧室へ立って、出た。

「もしもし？」

「姉さん、困ったことになったよ」

忠夫の声は、押し殺したようで、誰か近くにいるらしいと思えた。

「どうしたの？」

「今、連絡があって――」

と言いかけて、「ごめん！」

「忠夫――」

切れてしまった。

大方、誰かがそばへやって来たのだろう。

何が起ったのだろう？　もしかして……。

テーブルの方へ戻って行くと、松代も戻って来るところだった。険しい表情になって

いる。

二人は同時に席について、互いの顔を見た。

「今、忠夫から電話が」

と、知代は言った。

「そうか」

「何かあったんですか？　聞く暇もなく、切れてしまって」

「武藤さんからだ」

と、松代が言った。「ひどく怒ってる」

「忠夫が何か……」

「そうじゃない。——例の学校の件だ」

「淡口かんなちゃんの……」

「M女子学院の学院長と話したんだが、向うが武藤さんをひどく怒らせちまった」

「というと……」

「金はビタ一文払わない、と。もちろん払う義理はない。そんなことは初めから分ってる」

「それで……」

「しかし、武藤さんみたいな人には扱い方があるんだ。少なくとも、一旦乗り込んだからには、面子《メンツ》ってものがある。向うは、どういうわけか知らないが、えらく強気で、武藤さんをチンピラ扱いしたらしい。――怒った武藤さんが、その場で怒鳴りまくったのならまだいいが、そこはおとなしく引き上げて、後悔させてやることにした」

「後悔させるって……。何をするっていうんですか？」

松代は黙っていた。知代は、

「教えて下さい。弟が係ってるんですね」

と言った。「お願いです」

と、頭を下げる。

松代はじっと知代を見ていたが、

「――その淡口って奴の娘が、今旅行中らしい」

と、口を開いた。「そいつをさらって、ボロボロにしてやれってことだ」

「そんな……」

「それを、お前の弟にやらせろと言われた」

知代の顔から血の気がひいた。

「松代さん、一緒に行くんですか」

「ああ。見張ってなきゃ、そんなことできねえだろう」

「やめて下さい。そんなことしたら、忠夫は……」

知代は両手を固く握り合せた。

「松代さん。――お願いです」

知代は頭を下げた。

しかし、松代は黙って立ち上ると、そのまま立ち去って行く。

「松代さん！」

と、知代が呼びかけると、松代は足を止めて、振り向かず、

「支払いは済ませてある」

とだけ言って、出て行った。

知代はしばらく動けなかった。

「どうしよう……」

と呟く。

淡口かんなは、今どこにいるのだろう？

忠夫のケータイへかけてみたが、つながらない。松代がついて行くとしたら、当然知代が何とかして止めようとすることも予想しているだろう。

松代のケータイにもかけてみたが、出ないまま、切られてしまった。

少し迷ってから、知代はケータイでメールを打つことにした。松代が強引にアドレスを交換させていたのである。

〈松代さん。お願いです。何の罪もない子をひどい目にあわせるなんて、あなただって気が進まないでしょう。

私のため、忠夫のため、あなたご自身のために、やめて下さい。お願いです。

もし、あなたがまだ私に女として興味がおありなら、私と引き換えに、かんなちゃんを助けてあげて下さい。私はあなたに従います。

どうか、お願いです。

知代〉

メールを送る。――果して松代が読むかどうか。

読んだとしても、知代の頼みを聞くことは、武藤に逆らうことだ。

知代は立ち上った。――私も行こう。

かんなの行先は、どこかで調べれば分るだろう。あの子はM女子学院に通っていた。

そう。ともかく、何としても防がなくては。

警察に知らせる？　しかし、こんな漠然とした話を信じてくれるかどうか。

もし、松代と忠夫が、思いとどまってくれるなら。――そう。その可能性だってあるのだ。

知代は急いでレストランを出た。

もちろん松代の車はない。知代は客待ちしていたタクシーに乗って、ともかく近くの駅へと向った……。

「そうですか。それは良かった」

と、淡口公平は電話に出て、言った。「心配するほどのことはありませんでしたな」

夜のパーティがあって、淡口はオフィスへ出て来ていた。

「社長――」

と、秘書の玉川早苗が社長室へ入って来る。

淡口が電話しているのを見て、そっと中へ入ってドアを閉める。

「――では、どうも」

淡口は電話を切った。

「お着替えされますか？」

と、早苗は訊いた。

「そうだな。どこのパーティだった？」

「フランスの車の発表会です」

「フランスか！　どうもフランス人は好かん。プライドばっかり高くてな」

と、淡口は言って、「そうだな。馬鹿にされても困る。タキシードを用意しろ」

「かしこまりました」

早苗は淡口がニヤニヤしているのを見て、「社長、何かいいことでもございましたか？」

「ああ。例の武藤だよ」

「どうだったんですか？」

「今、学院長の桐生さんから電話があったんだ」

「桐生さん、武藤って男とお会いになったんですか？」

「うん。なに、心配するほどのことじゃなかったそうだ……」

淡口の話を聞いてから、早苗は、タキシードの準備に秘書室へ戻った。礼装用の服はいつも揃えてある。

「ええと……。靴は新しいエナメルシューズがあったわね」

と揃えて、汚れていないことを確かめる。「そうだわ」

早苗は、武藤について教えてもらった、あの〈消息屋〉のことを思い出した。

また何かのときに役に立つかもしれない。

早苗は〈消息屋〉へ電話を入れた。

「――あ、松下さんですか。〈N情報サービス〉の淡口の秘書です」

「やあ、どうも。どうなりました、その後？」

と、松下が言った。

「はい、おかげさまで、うまくいったようです。謝礼をお払いしようと思いまして」

「そいつは良かった。請求書を送ります」

「かしこまりました」

「まあ、多少の損はあっても、ああいう男ともめて、いいことはありませんからね」

「いえ、それが学院長は全く支払いに応じなかったそうなんです」

「ほう。それで？」

「武藤って人を怒鳴りつけてやったそうです。そしたら、すごすごと帰って行ったそうですわ」

少し間があって、

「――武藤が何も言わずに帰った？」

「ええ。桐生さんも、ちょっと拍子抜けだったそうです」

「玉川さん、でしたか」

「はあ」

「桐生という人に、注意してあげて下さい。一人で出歩くなと」

「はあ……」

「しばらくは、人を雇うとかして、身の回りを警戒するように」

「松下さん――」

「とんでもないことをしましたね」

と、松下は言った。「私も、もっとちゃんとお話ししておけば良かった。武藤は危険な男です。手足になって働く子分も大勢抱えている。武藤のような男にとっては、顔をつぶされるのが、何より我慢できないことです」

「そんなに……」

早苗は青ざめた。

「しかも、その場で何も言わずに帰ったというのは、既に頭の中に、『こいつをどうしてやろう』という考えがあったからでしょう」

「分りました。すぐ淡口に言って……」

「充分用心するように」

「ありがとうございます。あの――警察へ連絡した方がいいのでしょうか」

「いや、警察は何か起らない限り、動いてくれませんよ。ともかく、一人での外出は避けるように」

「伝えます」

早苗は通話を切ると、胸に手を当てて、「大変だわ……」

と呟いて、急いで社長室へと向った。

18　山の空気

「ああ、脚が痛い！」

ホテルに戻って来たかんなは、ロビーのソファにドサッと座り込んだ。

「あら、若いのに」

と、久保坂あやめが笑った。

「だって、普段、山道なんか歩かないし……」

と、かんなは言って、ふくらはぎをもんだ。

「すぐ筋肉が痛くなるのは若い証拠」

と、爽香が言った。「私ぐらいになると、二、三日してから痛くなる」

「でも、気持良かった！」

と、かんなは言った。「空気が冷たくて澄んでますね」

「そう。都会とは違うでしょ」

と、爽香は微笑んで、「さ、温泉に入ってよく体をほぐしてね」

「はい！」

「じゃ、部屋に行こう」

と、なごみが促した。

二人が行ってしまうと、爽香は、

「涼ちゃん、ご苦労だけど……」

「分ってる」

と、涼は肯いて、「あの紀平って男がどのホテルに泊ってるか、調べてくるよ」

「私も行きましょう」

と、あやめが言った。

「お願いね。ああいう人は、たぶん平気で、すぐ近くに泊ったりすると思うわ」

「分りました」

あやめが涼と出かけて行く。

「ああ……。くたびれた！」

一人になると、爽香もつい口に出してしまう。

ケータイを取り出してみる。さすがに山の中は電波が入らなかった。

明男からの着信があった。

かけてみると、

「——何だ、大丈夫なのか？」

「私？　私は大丈夫よ。何かあったのかと思った」

「いや、かけてもつながらないからさ」

「ごめん、山の中を歩いていたの」

と、爽香は笑って、「珠実ちゃんは何ともない？」

「ああ、仲良くやってるよ」

「せいぜい点を稼いで」

と、爽香は言った。

「そっちは寒いか」

「うん。でも、温泉でいつでもあったまれるから」

「そうか」

「ね、今度は三人で来ようね」

と、爽香は言った。

「そうだな」

「ここ、なかなかいいわよ。ホテルの人と仲良くしとく」

「その辺、抜かりないよな」

しかし、爽香としても「言うだけ」になってしまうだろうと分っている。

何といっても、母も兄もいる。頑張っている綾香たちを置いて、自分たちだけ温泉に、というのも……。

「――仕事だ。ご苦労さま」

「うん。ご苦労さま。それじゃ」

切ると、すぐにかかって来た。

「松下さん。どうかしました？」

「ああ。この間の話だ」

「武藤って人のことですね」

「どうも、厄介なことになりそうだ」

「どうしたんですか？」

松下は、武藤とM女子学院長のことを話して、

「全く、素人は困るよ」

「でも……本当に何かやるつもりでしょうか？」

「例の河村って先生がいるんだろ」

「ええ」

「もちろん、その先生が直接何かされるってことはないだろうが、傷害事件となりゃ、学校の立場がな」

「分ります。——河村先生にも念のために知らせておきます」

「その方がいい。万一のとき、どうするか考えとくことだ」

「わざわざありがとう。松下さん」

「いや、これも妙な縁だな」

切ろうとして、爽香は、

「あ、もしもし、松下さん」

「何だ?」

「その武藤ですけど、やり過ぎたときは殺すことも?」

「さあな。——もちろん、本人はしっかりアリバイを作っておいて、若い奴らにやらせるだろう。その若い奴らが、どこまでやるか、だな。しっかり歯止めをかけるお目付役がついてりゃいいが、そうでないと、それこそ殺しだってやりかねない。その気でなくても、打ち所が悪きゃ、人は簡単に死ぬもんだ」

「分ります」

爽香は、松下との通話を終えると、すぐに河村布子にかけた。

「——あら、爽香さん?」

何だか周囲がにぎやかだ。

「今、外ですか?」

「パーティなの。爽子がゲストで招《よ》ばれて一曲弾いたところ」

「そうですか」

「水曜日のコンサート、来てくれる？　爽子が会いたがってる」

「あ……。はい、そのつもりです」

「待ってね、今、爽子がすぐ近くに。――爽子ちゃん！　爽香さんから」

布子も、少しワインでも飲んでいるのか、大分舞い上っている。

爽香は、爽子と少し話をしてから、

「今夜、またお電話しますと先生に伝えて下さい」

と言って切った。

とても今は複雑な話をする状況ではない。

「どうしてこう、世の中はトラブルばっかりなんだろう」

と、ついグチをこぼす爽香だった。


「え？」

と、久保坂あやめが思わず言った。

「まさか……」

と、涼も呟いていた。

あまりに簡単な出会いだった。

二人は、まず町の土産物店を回ってみたのである。

昼間や、なごみたちと一緒にいる間は、かんなもこっそり紀平と会うことはできないだろう。

その間、何をして時間を潰しているか。

「お土産を見てるかも」

と、あやめが言ったのだ。

とりあえず、何軒も並んでいる土産物店の中で、一番目立つ大きな店に入ってみた。

週末のせいもあるだろうが、結構客は入っていた。

そして、二人が「おまんじゅう」の類がズラリと並んだ辺りへ来てみると――。

正に、写真通りの紀平が、楽しげに詰合せの箱を手に取っていたのである。

「少し小さいか」

と、紀平は呟くと、〈売れ行きNo.1!〉という札の立った箱の、少し大きめのものを二つ手に取って、レジへと向った。

「見てて」

あやめが涼にそう言って、店の表に出ると、ケータイを出して爽香へかけた。

「あやめちゃん？」

「見付けました」

「まあ、早いわね」

「勘がいい、と言って下さい」

「分ったわ」

と、爽香は笑った。

「お土産物屋です」

爽香はあやめの話を聞いて、

「お土産を買ってるのね？」

「ええ、それも二箱」

「じゃ、少なくともかんなちゃんと心中する気はなさそうね」

と、爽香は安堵したようだった。

「これからずっと尾行して、ホテルを突き止めます」

「よろしく」

涼が出て来て、すぐ紀平も出て来ると、またブラブラと他の店を眺めて歩き出した。

「――分んないな」

と、涼が言った。「かんなちゃんが、どうしてあんな男と？」

「何となく安心できるんでしょ。――私のところほどは年齢、離れてない」

「あ、そうか」

と、涼は笑った。

あやめの結婚した相手、画家の堀口豊《ほりぐちゆたか》は九十歳を過ぎている。

「堀口さんも安心できる？」

と、涼が訊いた。

「さあね」

と、あやめはとぼけた。「そんな話してると見失うわよ」

「大丈夫ですよ」

ただ、涼もあやめも、朝食のときにかんなと話したりしていたから、紀平が憶えていないとも限らない。

顔を見られないようにはしていたが、あまりぴったりくっついて歩くわけにもいかなかった。

紀平は、ふと足を止めると、古びた喫茶店に入って行った。

「どうする？」

「そうですね……。待ってましょうか、外で」

「そうね。そんなに長居しないだろうし」

と、あやめは言った。

その喫茶店に入って行く紀平を、ちょうど駅の方からやって来て見付けたのは、矢吹典子だった……。

思わず足を止めていた。

いたわね。——逃さない。

しかし、矢吹典子の足が止ったのは、一瞬あのときの恐怖がよみがえったせいだった。石油をかけられ、ライターの火を近付けられた……。恐怖に泣いた、あのとき。

しっかりして！

典子は自分へ言い聞かせて、胸を張った。

そう。今の内に、紀平と同じホテルに入ってしまおう。

典子は足を速めて歩き出した。

見てらっしゃい！　今度はあんたが泣く番よ！

「あと二十分か……」

と、松代は腕時計を見て言った。

列車は事故も遅れもなく、目的地へと近付いている。

松代の隣の席で、佐伯忠夫は、青ざめた顔をこわばらせて、じっと座っていた。

「着くころには暗くなってるな」

と、松代は言った。「——どうするんだ」

「え？」

忠夫はかすれた声で訊き返した。「どうするって……」

「やる気があるのか」

忠夫は黙って窓外へ目をやった。

「やるなら覚悟を決めろよ」

と、松代は言った。「相手は十五歳の女の子だ。やっちまったら、元には戻れないぞ。その代り、やらないと言ったら、お前も指の一本や二本失《な》くす覚悟でいろ」

「——やるよ」

と、忠夫は言った。

「そうか」

忠夫は立ち上って、

「ちょっとトイレに……」

「ああ」

忠夫はよろけるように列車の中を歩いて行った。

松代は、一人になるとケータイを取り出した。電源を入れると、何度も着信があった。

知代からだと分っている。

そして松代は、もう何度めか、知代からのメールを読んだ。

知代の必死の思いが伝わってくる。この「見せしめ」の犯行をやめてくれたら、「あなたに従います」とも書いている。

おそらく嘘ではないだろう。

かんなという女の子と、弟を守るためなら、松代に抱かれる覚悟だろう。

しかし、それは松代にとっては命をかけることなのだ。武藤の言いつけにそむく。それは自分の首を絞めるのに等しい。

電源を切ろうとすると、着信があった。知代からだ。

少し迷ってから出た。

「松代さん。——松代さん、今どこですか？」

知代の声は震えていた。

「列車の中だ。弟は便所へ行ってる」

「メールを読んでいただけましたか」

「ああ」

「お願いです。あの子に、そんなことをさせないで」

「俺の決めることじゃない」

「でも――」

「やらなきゃ、弟が死ぬかもしれないぞ」

「それでも――かんなちゃんが無事なら」

「俺の決めることじゃない」

と、松代はくり返して、切った。

電源を切ると、ケータイをポケットへ入れ、暗くなりかけた窓の外へと目をやった。


知代は手の中のケータイを見下ろした。

もうつながるまい。

ケータイをバッグの中へ入れ、知代は固く唇を結んだ。

知代の乗った列車は、松代たちの列車からほぼ一時間後の到着だった。もちろん、知代は松代たちが、いつかんなを襲おうとしているのか知らない。

ともかく、M女子学院に訊いて、何とかうまくかんなの行先を知って飛び出して来たのだ。

何としても、止めなくては。

知代のバッグの中には、あの自分の腕を切りつけた包丁が、布にくるまれて入っていた。

19　駅

列車がホームに入って停った。

「降りるぞ」

と、松代は促した。

「分ってるよ」

佐伯忠夫は強がって見せて、ホームへ下り立った。

「お迎えはないぞ」

と、松代は言った。「さあ、その女の子の泊ってるホテルへ行こう」

淡口かんながどこに誰と泊っているか、情報は入っていた。

「だけど、いつやるのさ」

と、忠夫が訊く。

「夜中だな」

「じゃ、俺たちも泊るの？」

「野宿したいか？」

「まさか」

「同じホテルはよそう。ちょうど真向いにもホテルがある。そこに泊って、まず様子を見る」

「かんなって子をおびき出すのかい？」

「そうだ。――いい年齢の中年男と付合ってたっていうんだ。そいつのことを利用しよう」

「うまく行くかな」

「何とかするさ。――しくじりゃ、俺もお前も、ただじゃすまない」

松代たちは駅前のタクシーで、ホテルへと向った。――まさか、本当に紀平が「向いのホテル」にいるとは、松代も思わなかったのである。

珠実は寝息をたてて眠っていた。

明男はしばらく娘の寝顔に見入っていたが、やがて明りを弱くして、ドアを閉めた。

早いものだ。――あの赤ん坊が、今はもうしっかり「女の子」になっている。

明男は台所へ行って、コーヒーを淹れると、カップに注いで居間のソファに寛いだ。

爽香がいないのは、そう珍しいことではない。仕事で出張することも多いのだ。

しかし、こんなに何日も家を空けるのは、やはりほとんどないことである。

明男はTVを点けると、何となくチャンネルを変えて行った。――野球中継などにあまり興味がないのだが、といってドラマや続きものの番組は面倒だ。

ポケットのケータイが鳴った。――かかって来るのが分っていたような気がした。

「もしもし」

「今晩は。すみません、こんな時間に」

と、大宅栄子が言った。「今、お話ししていても？」

「ええ。もう娘は寝ました」

「うちもです。今日は学校の体育でくたびれたらしくて……」

「でも、元気ですね、みさきちゃん」

「ええ、このところ風邪もひかなくて」

つい、お互い子供の話になっている。

「今、何をしてらっしゃるんですか？」

と、栄子が訊いた。

「TVを見てました。でも、見るものがなくて。――家内は温泉でのんびりしているでしょう」

「お電話は？」

「かけて来ますが、毎晩というわけでは」

「そうですか」

少し間があった。

「あの――」

「それで――」

二人同時に言いかけて、口をつぐんだ。

「すみません」

と、明男は言った。「もしよければ……一度お宅へ伺おうかと思って」

「ぜひどうぞ」

栄子の声が弾んだ。「夕食の仕度をしてお待ちしていますわ」

「そう遅くまでは……」

「ええ、分っています。でも、お食事くらいは――」

「そうですね。珠実は家内の実家に頼んでおきます」

「いいんですか？　じゃあ、みさきもお友達の所に」

――二人になる。二人きりに。

明男は、しかしあえてそう考えなかった。

ご飯を食べに行く。それだけだ。

「いつがよろしい？」

と、栄子が訊いた。

「そうですね……」

明男はためらっていた。

栄子は黙って待っていた。明男の言葉を。

そこには、ある「覚悟」が感じられた……。


「お話し中か」

爽香は、二度明男のケータイにかけてみたが、お話し中だった。

まあいい。着信記録は残るから、後でかけて来るだろう。

爽香は欠伸をした。

「お疲れですか」

と、あやめが言った。

「もう若くないわね。あれぐらい歩いただけで、くたびれちゃった」

爽香は、夕食の後、ホテルのロビーラウンジ――といっても、都心のホテルのようにはいかないが――で、おしゃべりしていた。

あやめや、かんなも、そして涼となごみも一緒だった。

「ひと風呂浴びて来て、寝るわ」

と、爽香は言った。「かんなちゃんも、あんまり夜ふかししないようにね」

「はい」

爽香は一旦部屋へ戻ると、今ロビーで一緒だったあやめのケータイへかけた。

「はい」

「かんなちゃんのこと、見ててね」

「承知しています。――今、かんなちゃん、トイレに立ちました。たぶん、紀平に電話してるんじゃないでしょうか」

「少し早めに寝るようにして。きっと、紀平とどこかで待ち合せてる」

「ええ。涼君たちと、うまく手分けして見ていますから」

「私にちゃんと連絡してね」

「でも、チーフ、お疲れでしょ？　私たちに任せて下さい」

「そうはいかないわ。まだ紀平がどういうつもりか分らないし」

と、爽香は言った。「ともかく、一度大浴場に入って、目を覚まして来る」

「分りました」

爽香は仕度をして部屋を出た。

まだ時間が早いから、かんなが紀平と会うにも間があるだろう。

爽香は足早に大浴場へと向った。

しかし——正直なところ、かんなと紀平が会ったとしても、その現場を押えただけでは何にもならない。かんなは、爽香たちへの不信をつのらせるだけだろうし、紀平にしても、かんなと会って話をしているだけなら、犯罪というわけではない。

紀平が、かんなに何か危害を加えるとか、初めの内、心配していたように、道連れにして無理心中しようとすれば阻止しなければならない。

第一の目的は、かんなを安全に連れ帰ることなのだ。特に、紀平がここに来ている以上、そうならざるを得ない。

爽香は、大浴場の熱めの湯に浸って、息をついた。

もちろん、全く別の危険がかんなに迫っていることまで、爽香が知るはずはなかった……。


すれ違った。——たった今。

矢吹典子は、足を止めて振り返った。

浴衣姿で、タオルを手にのんびりと歩いて行くのは、確かに紀平だ。

まさか典子が来ているとは思いもしないだろうから、すれ違っても気付かない。

典子は笑いたくなった。——今に見てらっしゃいよ。

まだ時間が早い。紀平が淡口かんなと会うとしたら、もっと遅くなってからだろう。そう。急ぐことないわ。——典子はすっかり気楽になって、自分もタオルを手に大浴場へと向った。


「山側のお部屋が一杯でございまして……」

と、案内してくれた仲居が言った。

「いいよ」

と、松代は言った。「晩飯は食えるか?」

「すぐご用意いたしますが、お造りなどは、あまりいいものが……」

「食べられりゃいい。持って来てくれ」

「かしこまりました」

仲居が出て行くと、松代は忠夫へ、

「おい、少し落ちつけ」

と、声をかけた。「今さら迷っても遅いぜ」

「迷っちゃいねえよ」

と、忠夫は言って、「ここから、ちょうどそのホテルが見える」

「何だ?」

松代は立って行って、「——なるほど」

窓からは、道を挟んで真向いのホテルが目に入る。あそこに、例の淡口かんなが泊っているのだ。

「今すぐってわけじゃねえ」

と、松代は言った。「浴衣に着替えろ。妙に思われるぞ」

「ああ……」

松代は上着を脱いだ。

正直、松代だって気は進まない。

武藤を怒らせた当の学院長か、淡口当人を痛めつけるならともかく、何の罪もない十五歳の女の子を……。

哀れである。しかし——松代が武藤の下で働いている以上、どうすることもできない。

佐伯忠夫がやると言っても、果してその場になったら、どうなるか。忠夫にできなければ、代りに松代がやるしかない。

かんなという少女を、無傷で帰すわけにはいかないのだ。

松代の耳には、やめて下さい、と懇願する知代の声が残っていた。

仕方ない。世間はきれいごとで動くわけではないのだ。

松代は、包丁で自分の腕を切った、知代のあの烈しい怒りを思った。——今度は、松代を刺そうとするかもしれない。

あいつのことだ。やりかねないな……。

松代は、当の知代がそのころ駅に着いているとは思ってもいなかった。


「もしもし、先生？　――聞こえてます？　もしもし？」

爽香はそうくり返した。

夜になって、河村布子からケータイにかかって来たのだ。

返事がないので戸惑っていると、

「――ごめんなさい！」

と、布子の声がした。「酔ってたんで、今思い切り冷たい水で顔洗って来た」

「何だ。どうしたのかと思いましたよ」

「学院長には話、伝わってるのね？」

「だと思いますよ。でも、先生からもひと言おっしゃった方が」

爽香が、松下から聞いた話を伝えたので、布子がびっくりして酔いをさまして来たのである。

「――何てことかしら」

布子は嘆息して、「今の学院長は政治家とも親しくするのが大好きなの。少々のことはもみ消してもらえる、って気があるのね」

「でも、今回は相手が悪いようですよ」

「そうね」

「ともかく、松下さんはそういう世界によく通じてます。忠告に耳を貸すように、念を押してあげて下さい」

「分ったわ。学院長にもしものことがあったら、淡口さんだって困るでしょうしね」

「ええ……」

「ともかく、話をしておくわ。かんなちゃんはどうしてる？」

爽香が少しの間黙っていたので、布子は、「――もしもし？　爽香さん？」

「あ、すみません」

と、爽香が言った。

「どうかしたの？」

「今、フッと思ったんです。学院長だけ用心すればいいってわけじゃないかも、って」

「どういう意味？」

「武藤が黙って引き下ったからには、仕返しを考えてるわけでしょう。学院をゆする種にしたのは、かんなちゃんの問題です。――武藤は、学院長だけでなく、淡口さんのことも狙うかもしれません」

「それは分ってるんでしょう？」

「ええ。でも、淡口さん自身がどこまで考えているか……。武藤は、むしろ淡口さんを狙った方が効果的だと思うかもしれません」

「淡口さんも気を付けているでしょう」

「でも……先生」

「え？」

「もしも……向うが、かんなちゃんを狙って来たら？」

布子もちょっと黙ってしまった。

「――まさか」

「ええ、考え過ぎかもしれません」

と、爽香は言った。「でも先生、私、色んな事件に係って来たので、ああいう人たちの考え方が何となく分るんです。もちろん、学院長さんや淡口さんを狙う可能性はあります。でも、一番学院にとって痛手になるのは、かんなちゃんが襲われることじゃないでしょうか」

「それは……確かにね」

「襲う方としても、用心しているかもしれない学院長さんや淡口さんより、かんなちゃんなら楽です。もちろん、捕まれば罪は重いでしょうけど、場合によっては表沙汰にしないで終ってしまうかもしれません」

「爽香さん。私、これからそっちへ行くわ」

「いえ、大丈夫です。涼君もいますし、必要ならここの警察に頼みます」

「ともかく、明日一番早い列車でそっちへ行く」

「分りました。充分気を付けますから」

「お願いね！」

布子の声は、ほとんど叫ぶようだった……。

20　隙間

「ここね……」

探し当てた。

知代は、淡口かんなの泊っているホテルの前に立っていた。

浴衣にどてらをはおった客たちが、出入りしている。まだ時間が早い。

松代や忠夫が何か企んでいるとしても、人目が多過ぎるだろう。

知代はホテルの玄関を入った。

「いらっしゃいませ」

と、フロントの男が出て来る。

「すみません。予約してないんですけど、部屋はあります？」

「お一人でいらっしゃいますか？」

「そうです」

「少々お待ちを」

二、三分フロントの奥へ入っていたが、戻って来て、「——少し広いお部屋でしたら、ございますが。少々お高くなります」
「結構です。二泊お願いできますか」

「かしこまりました。あの……できましたら……」

「先払いですね。分っています」

「恐れ入ります。——今でなくても、後でお部屋へ伺いますので」

「いえ、今払っておきます」

そう大きなホテルではない。誰に会うか分らない、と思った。

現金で支払うと、部屋へと案内される。

忠夫たちは、どこに泊っているのだろう？


かんなは、知代がホテルの人について行くのを、ソファのかげで見送った。

聞き憶えのある声に、足を止めたのだった。——間違いなく、野口知代だ。

でも、なぜここに来たんだろう？

偶然とは思えない。といって、かんながここに泊っていることを、知代が知るわけもないし……。

ともかく、どんなわけでここへ来たのか、かんなには見当もつかなかった。

そうだ。知代は紀平にも会ったことがある。——かんなは、ケータイで紀平へかけた。

「やあ、どうしてる？」

と、紀平は穏やかな口調で言った。

「夕食、終った。——もう一度お湯に入って、それからはどうするのか……」

「うまく出て来られそうかい？」

「うん……。何とかする」

と、かんなは言った。「紀平さん、こっちに来られる？」

「行くのは簡単だけど、どこで会えばいいかな」

「そうだね……。ゆっくり話するような所はないよね」

「どこか外で？」

「でも、いつも誰か一緒だし……。待って」

かんなは少し考えて、「大浴場に行って、私、ケータイ忘れて来たって部屋に戻ろうかな。私ぐらいの年齢なら、いつも持って歩いてるのが普通だから。そしたら、一人で部屋に戻れる。途中で玄関から外に出ちゃえば……」

「後でまずくないかい？」

「大丈夫よ。学校の先生じゃないし」

「分った。うまく出られたら、ケータイにかけてくれ」

「うん」

切ってから、かんなは知代のことを紀平に話しておけば良かったかな、と思ったが、

「いいや、会ったときで」

と思い直した。

「かんなちゃん、どうしたの？」

と、なごみがやって来た。

「いえ、別に」

と、かんなは言って、「私、温泉に入って来ようかな。なごみさんは？」

「ああ、そうね。ちょっと表に出かけようかと思ってるけど、先にあったまった方がいいかもね」

「じゃ、入りましょうか」

「いいわよ。あやめさんにも声かけよう」

「そうですね」

と、かんなは言って、部屋の方へ戻って行った。

うまく行く。——きっと。

かんなは、ちょっとしたスリルを味わう気分で、ドキドキしていた。

なごみが部屋の鍵を開けていると、

「かんなちゃん」

と、爽香がやって来た。

「はい。何ですか？」

「ちょっとお話ししておきたいことがあるの」

「あ……。これからお風呂に行こうって……。出てからでもいいですか？」

「そう」

爽香は、ちょっと迷ってから、「いいわ。じゃ、出たら私の部屋に来てくれる？」

「分りました」

「なごみちゃんも一緒にね」

「はい」

なごみはドアを開けて、中へ入った。


俺は変ったんだ。

紀平は、自分の部屋で寛いでいた。

そうだ。外見は少しも変っていないが、中身は別人になった。

紀平は、あの課長の矢吹典子が泣いて助けて下さいと頼んだ光景を忘れていない。

あのとき、俺は自分の力を知ったのだ。あんな女を、どうして恐れていたのだろう？

もう、あいつは俺の言いなりだ。——紀平は、人を支配することの快感に目覚めた。人が自分のことを怖がって、言うことを聞く。何てすてきな気分なんだ！

紀平が「服を脱いだら」と言ったとき、矢吹典子は素直に裸になった。あのとき、もし望めばあの女は紀平の言うなりになっただろう。

ただ、紀平はまだ充分に自分の力を自覚していなかったのだ。もし、あのときあの女をものにしていたら……。

紀平は自分の中に熱く煮えたぎるものを感じた。女への欲望。そうだ。今の俺には女を組み敷いて、支配することができる。

女を俺の思いのままにできるんだ。

紀平はごく自然に笑みが浮んで来るのを感じた。——こういう自信に満ちた男に、女は憧れるのだ。

「かんな……」

と、紀平は呟いた。

淡口かんなが、紀平の所へやって来る。

そう。——この部屋に来させればいい。

そして……。そして？

あの子はまだ十五歳だ。しかし、もう体は女になっている。

かんなはそんなつもりではないかもしれない。しかし、紀平が抱いてやったら、あの子だって紀平の男としての魅力に目覚めるかもしれない。

かんなはまだ男を知らないだろう。しかし、どうせあと何年かの内には経験することになる。それなら、同じような年齢の男の子より、紀平が相手の方が、どれだけいいか。

そうだ。あの子がやって来たら、抱いてキスしてやろう。そして、そのまま……。

紀平は、かんなの白い体が自分の下で身悶《みもだ》えるさまを想像して、早くも体がカッと熱くなるのを感じた。

早く来てくれよ……。

紀平はケータイを手にして、それが鳴り出すのを待っていた……。

「何度入っても、気持いいわよね」

と、なごみは浴衣姿でタオルを手に言った。

なごみと、久保坂あやめ、そしてかんなの三人は、地下の大浴場へと下りて行った。

「ゆうべから三回入っただけで、肌がすべすべになったわ」

と、あやめが言った。「今度は主人を連れて来ようかな」

「いいですね。九十二歳の旦那様とお二人？」

と、なごみが言った。

「そう。長生きしてもらうためにも、私が魅力的でないとね」

「あやめさん、充分魅力的ですよ」

「かんなちゃん、大人をからかわないで」

と、あやめが笑って言った。

三人は脱衣所に入って、浴衣を脱ぐ。

「入りましょ」

と、あやめが言って、「――かんなちゃん、どうしたの？」

かんなが、浴衣の帯を解いただけで、キョロキョロしていたのだ。

「すみません！　ケータイ、忘れちゃった」

「お風呂に入るのに？」

「友だちからメールが……。すみません、すぐ取って来ます！」

かんなは鍵を手にすると、急いで脱衣所を出た。

かんなは駆け足で部屋へ戻ると、すぐに浴衣を脱いで服を着た。

そしてケータイを手に部屋を出る。鍵はかけずにおいた。

大丈夫。――誰も見ていない。

かんなはホテルの玄関を出ると、紀平にかけた。

「もしもし？」

「かんなちゃん。出られたかい？」

「うん、今外に出た」

「じゃ、こっちのホテルにおいで」

と、紀平は言った。

「どこか、話のできる所、ある？」

「僕の部屋でいいじゃないか。一人なんだから」

かんなはちょっと迷ったが、

「うん。それじゃ……」

「中がややこしいから、入口の所へ迎えに行くよ」

「そうして。すぐ行くね」

何しろ道の向い側だ。かんなは小走りに道を渡って、向いのホテルへと入って行った。


上り湯を浴びて、なごみは手を止めた。

「あやめさん」

と、隣のあやめに、「かんなちゃん、遅くない？」

「あなたもそう思う？」

二人はすぐに脱衣所へ戻った。

かんなは来ていない。

「もしかして……」

と、なごみが言った。

「失敗したわね！」

二人は急いで浴衣を着ると、廊下へ出た。

玄関まで来ると、爽香がロビーで新聞を見ている。

「爽香さん！　いつここに？」

「たった今よ。どうしたの？」

「かんなちゃんが……」

なごみの話を聞いて、爽香は新聞を投げ出すと、

「なごみちゃん、部屋へ。あやめちゃん、ホテルの人に、かんなちゃんを見なかったか訊いて」

「はい」

爽香は涼のケータイに電話した。

「――紀平の部屋は分る？」

「それは教えてくれないよ。どうしたの？」

事情を説明している間に、なごみが走って来た。

「いません！　浴衣が脱いであって」

早く話しておくんだった！　爽香は悔んだが、

「ともかく、向いのホテルへ行きましょう」

と言った。


「かんな」

という名が耳に入って、知代は足を止めていた。

ロビーの手前で立ち止り、耳を傾けていると、間違いなく、あのかんなのことだと分った。

ホテルを出て行った？

そして、知代は「紀平」という名を聞いてハッとした。

あの男だ。——紀平がここへ来ている？

向いのホテルへ……。

何かが起ろうとしている。

紀平がのんびりした様子で、ホテルのロビー階へ下りて来た。

矢吹典子は、紀平の部屋を突きとめていた。

そして、部屋から出て来るのを、ちゃんと見張っていたのである。
ロビーに来ると、紀平は人を捜すように見回している。
そのとき、玄関から女の子が入って来た。
そして、紀平に向って手を振る。
「待ってたよ」
と、紀平はその少女の手を取った。「さあ行こう」

21　変　貌

こんなはずじゃなかった……。

かんなは、紀平に手を取られて、ホテルの廊下を歩きながら、どこか妙な違和感を覚えていた。

かんなの手をつかんで引張って行く、紀平のその強引さ。それは今まで見たことがないものだった。

「あ、ケータイが」

と、かんなは言った。

かんなのケータイが鳴っていた。かんながためらっていると、紀平はいきなりケータイを取り上げた。

「紀平さん――」

「邪魔が入っちゃ、面白くないだろ」

紀平はかんなのケータイの電源を切ってしまうと、「僕が預かっとくよ」

有無を言わさず、という言い方だった。

かんなは、まるで別人のような紀平を改めて眺めた。

「紀平さん……。どうかしたの？」

「どうもしない」

と言ってすぐ、「いや、やはり君にも分るか。僕はね、変ったんだ」

「変った、って……。何があったの？」

「部屋でゆっくり話すよ。こんな廊下で立ち話ってわけにいかないだろ」

紀平は笑みを浮かべて、「そう、君にこそ知ってほしいんだ。僕がどう変ったのかね」

「そう……」

「そのために君に会いに来たんだ。さあ、行こう」

かんなは引張られるままに、紀平について行った。――いつになく元気に充ち溢れた紀平は、どこか不自然だった。


廊下で佐伯忠夫は足を止めた。

浴衣姿でタオルを手に、大浴場へ行こうとしていたのだが――。

「今のは……」

すれ違った女の子が、淡口かんなのように見えたのだ。

いや、かんなが泊っているのは、向いのホテルのはずだ。それに今の子は、父親ぐらいの男に手を引かれていた。

だが——そんなに似た女の子がここにいるだろうか？

向うは忠夫のことに全く気付いていなかった。——人違いか？

歩き出しかけて、忠夫は思い返して、今の二人の後を追った。


爽香たちは向いのホテルに行こうとしていた。涼となごみ、あやめも一緒だ。

「待って下さい！」

と、呼びかけて来た女性がいた。「かんなちゃんって……。淡口かんなちゃんのことですか」

「あなたは——」

「紀平って人が来てるんですか」

「向いのホテルに」

と、爽香は言った。

「まあ……。かんなちゃんが狙われています！　武藤って男の指示で、かんなちゃんを襲おうとしてる人が……」

爽香は一瞬、その女性を見ていたが、

「一緒に来て下さい」

と促した。

「二人きりだ」

と、紀平は言った。

紀平の部屋に入って、かんなは不安になった。紀平が鍵をかけ、部屋の明りを薄暗くしたからだ。

「紀平さん……」

かんなは、部屋の中を歩き回っていた。そうしないと不安だった。

「大丈夫。誰も、僕らがここにいることは知らないよ」

紀平はベッドに腰をおろした。――温泉旅館だから、ホテルといっても和室が多いのだが、ここは洋室で、セミダブルのベッドが入っていた。

「さあ、ここにおいで」

紀平は自分のそばに来るように促した。

かんなは、ためらったが、

「私……ここでいい」

と、小さなソファに座った。

「いいから、ここへおいで」

紀平の口調がガラリと変った。——今までかんなが聞いたことのない紀平の声だ。

「紀平さん……。どうしたの？　何だか……違う人みたい」

紀平はニヤリと笑って、

「さすがだ。僕はもう以前の僕じゃない。会社でね、いつも僕をいじめて面白がってる女の課長がいるんだ。僕はずっとそいつに反抗できなかった。でも——僕はやった。その女が泣いて謝ったんだ。本当にいい気分だったよ」

「泣いて？——どうして泣いたの、その人？」

「僕がどんなに強い男か、初めて知ったからさ。全く、思い上ってたんだ、女のくせに！」

と、紀平は言った。

「私だって女だけど……」

と、かんなは呟いた。

紀平が、「女のくせに」なんて言うのを初めて聞いた。——そんな紀平は、かんなの目に少しも魅力のない、つまらない男に見えた。

かんなが共感していたのは、紀平の弱さだった。弱い人間だと自分で分っているからこそ、かんなのような十五歳の女の子と話ができたのだ。

「さあ、おいで」

紀平は笑っていなかった。その目はかんなを冷ややかに見つめている。

「でも――」

「僕の言う通りにするんだ」

紀平の口調は、有無を言わさぬものだった。

かんなはソロソロと立って、ベッドに腰をおろした。紀平から少し離れて座ったが、紀平の方が、体を寄せて来て、逃れようもなくしっかりと肩を抱かれてしまった。

かんなは、紀平の手、その指先の力に、はっきりと男の力を感じた。逃げようたって、そうは行かないぞ。――その指先はそう言っていた。

「震えてるのか？」

と、紀平は言った。「心配しなくていい。これは自然なことなんだ。僕は男で、君は女なんだからね」

抱き寄せられて、かんなは息を呑んだ。

「紀平さん……。どうしちゃったの？」

「どうもしないよ。君はただ、僕のするままになってればいいんだ」

「いやだ……。こんなの、いやだ……」

声を上げたかった。紀平を引っかいてでも逃げたかった。

でも――どうすることもできなかった。恐怖が、声を上げさせなかった。

ただ、じっと体を固くしていることしかできない。

「大丈夫だ。――僕に任せてればいいんだよ」

紀平はベッドの上にかんなを押し倒して、のしかかって行った。その重さに、かんなは身動きできなかった。

「僕がどんなに強い男か、教えてあげるよ」

と、紀平は言った。

助けて！――誰か！

かんなの叫びは声にならなかった。

だが――そのとき、部屋のドアが激しく叩かれて、紀平はハッと体を起した。

その一瞬、紀平の体がかんなの上から外れた。とっさに――かんな自身、どうしてそんなことができたのかびっくりしたのだが――かんなは力を込めて紀平の体を突き飛ばした。

紀平にとっては思いもかけない不意打ちだった。紀平はベッドから転《ころが》り落ちてしまったのだ。

かんなは部屋のドアへ向って走った。ロックを外すとドアを開けた。

「かんなちゃん！　大丈夫？」

爽香だった。かんなはワッと泣きながら爽香の胸にしがみついた。

「もう大丈夫。――大丈夫よ」

爽香は後ろに立っていたあやめたちにかんなを任せると、部屋の中に突っ立っている紀平の方へ進み出て、

「紀平さんですね」

と言った。

「邪魔しやがって！」

紀平は怒りで声を震わせると、バッグに駆け寄って、中からナイフをつかみ出した。

「危い！」

爽香は叫んだ。「逃げて！」

紀平は「ワーッ！」と声を上げながら、ナイフを振りかざして突っ込んで来た。

爽香はかんなを守ろうと廊下へ飛び出して、

「逃げるのよ！」

と叫んだ。

紀平はナイフを振り回すと、廊下を一気に走って行ってしまった。

「ああ……」

爽香は息をついて、「もう大丈夫。――逃げたんだわ、向うが」

「ホテルの人に――」

と、なごみが言った。

「ええ。涼ちゃんと一緒に行って。紀平はどこかへ隠れてるかもしれない。用心してね」

「分りました」

なごみと涼がホテルのフロントへと急ぐ。

「かんなちゃん……。大丈夫?」

爽香は、かんなが細かく体を震わせているのに気付いた。

「あやめちゃん、このホテルの人に頼んで、どこかで休ませてもらって」

「分りました」

爽香は震え続けるかんなをじっと抱きしめて、ただ無言で背中をさすっていた……。


まだチャンスはある。

――矢吹典子は、ホテルのロビーで、事態をほぼ把握していた。

紀平は、あの淡口かんなに乱暴しようとしていたのだ。――あの子が無事で良かった。

しかし、紀平はどこへ行ってしまったのだろう? 逃げるといっても、部屋に荷物を置いているはずだ。

ホテルの従業員たちが、あわただしく走って行く。

ナイフを持って、紀平が逃げているのだ。他の客にけがでもさせたら大変なことになる。

するると、外から戻って来た客が、

「おい、何だ、今の？」

と、ホテルの人間に声をかけた。「ナイフ持った奴が走ってったぜ」

紀平がホテルの外へ逃げた！

このホテルの人間にとっては安堵できることだ。

その知らせはすぐ伝わって、ホテルの中は静かになった。

その代り、紀平がこっそり戻って来ないように、若いスタッフが玄関で見張ることにしたようだ。

典子は迷った。——このままでは紀平は警官に捕まってしまうかもしれない。

むろん、ホテルから連絡が行って、じきに制服の警官がやって来た。

どうしよう？——典子は、焦っていた。

「ごめんなさい」

と、かんなはかぼそい声で言った。

「え？」

爽香は顔を近付けて、「どうしたの？」

「私……こっそり抜け出したりして……」

一部屋を借りて、布団にかんなを寝かせていた。

「そうね。危いところだった。でも、私ももっと早く話しておけば良かったわ」

爽香はかんなの手を取って、「何もなくて良かったわ」

と言った。

「でも……あの人、おかしくなってた」

「そうね」

「前はあんなじゃなかったのに……。人が変ったみたいに……。私、キスされそうになった……」

「そう……。でも……」

「されなかった。必死で顔よけてたの。本当よ」

「良かったわね」

と、爽香は微笑んだ。

もちろん、かんなが無事だったことは嬉しい。しかし、紀平に襲われそうになったことは、かんなの心に深い傷を残しているに違いない。

かんなが成長し、男の子と付合うようになっても、今日の記憶の中の「男」は、かんなを苦しめるのではないか。

紀平にしてみれば、「ただキスしようとしただけ」かもしれない。しかし、それは十五歳の少女にとって、残酷な体験に違いない。

「――涼ちゃん？」

部屋を覗いている涼に気付いて、爽香は廊下へ出た。

「紀平はホテルの外へ逃げたみたい」

「そう。でも、荷物は残してるでしょ。きっと戻って来るわ」

「そうだね」

「――かんなちゃん」

と、爽香は部屋の中へ戻って、「私たちのホテルに戻ろうか。起きられる？　みんなついてるから大丈夫よ」

「はい。起きられます」

かんなは布団に起き上った。

「じゃ、みんなでホテルへ戻りましょう」

と、爽香は言った。「ここの人にお礼を言っといて。明日にでも改めてお礼に伺いますって」

「分った」

玄関へ出ると、なごみとあやめが待っていた。

「今、お巡りさんが、表を捜してます」

と、あやめが言った。

「ともかく無事で良かったわ」

と言って、爽香は、「あの女の人、どこに行った？」

「あ……。そういえば、どこかに行っちゃいましたね」

と、あやめが言った。「私たちのホテルに泊ってるみたいでした」

「武藤の指示で、って言ってた。それは紀平のことじゃないでしょう」

「じゃ、他にも誰かが？」

「ともかく用心しましょう」

涼がやって来ると、爽香はかんなの肩を抱いて、みんなでかんなを囲むようにしてホテルを出た。道を渡るだけだが、ともかく暗い。どこに紀平が潜んでいるか分らないのだ。

自分たちのホテルに入ると、

「かんなちゃん、もう寝る？」

と、爽香は訊いた。

「うん。でも……」

「大丈夫よ。なごみちゃんが一緒だし」

「私……お風呂に入りたい」

と、かんなは言った……。

22 迷路

思いもかけないことになった。

野口知代は、かんなが爽香たちに付き添われて自分たちの泊っているホテルへ戻って行くのを、隠れて見送っていた。

松代と忠夫が狙う前に、あの紀平という男が、かんなに乱暴しようとしたらしい。

知代は、紀平がナイフを手に外へ飛び出して行くのを見ていた。

でも――少なくとも、この旅行中にかんなを襲うことはもう無理だろう。あの爽香を始め、何人もがかんなのそばについているし、紀平を捜して、警察も動いている。

その点、知代は少し安堵した。

だが、武藤の命令はまだ有効だろう。松代が思い直してくれればいいのだが……。

ともかく、知代は自分のホテルへ戻ろうと思った。そのとき、

「何してるんだ」

と、背後で声がした。

まさか……。振り向いた知代は、松代が浴衣姿で立っているのを見て、目を疑った。

「ここに——泊ってるんですか」

と、知代は訊いた。「忠夫も？」

「ああ。追いかけて来たのか」

「だって……何としても止めたかったんです。でも、ここに泊ってるとは知りませんでした」

「例の女の子は向いのホテルだ」

「知ってます。それでやって来たんです」

知代は、紀平の騒ぎを松代が知らないのだと思った。

「かんなちゃんには手出しできませんよ」

と、知代は言った。

「何だと？」

「そこへ座りましょう。——のんびり温泉に浸ってたんでしょ」

ロビーのソファにかけて、知代は紀平の起した騒ぎのことを話してやった。

「——後から大浴場に入って来た奴が、警官がどうとか話してたが、そのことか」

松代は渋い顔で、「その紀平って奴は捕まってないのか」

「そのようです。でも、かんなちゃんはしっかり守られてますよ」

松代はちょっと息をついて、

「それなら——まあ、良かった」

「松代さん……」

「俺が喜んで——十五歳の女の子を痛めつけると思ってるのか？　——ともかく、武藤さんに言いわけができれば、それでいい」

知代は心から安堵した。

「忠夫にも話して下さい」

「分った。どうせあいつは、やりゃしなかったさ」

「じゃあ……松代さん、本当にそのつもりだったんですか」

「分らないよ。いざとなったら……。できなかったかもしれないな」

「できませんよ。松代さんには、きっと」

松代は苦笑して、

「武藤さんが、それなら仕方ないと言って諦めてくれるかどうか……。下手すりゃ、指の一本もつめなきゃならねえ」

「松代さん。そんな野蛮な世界から、脱け出せないんですか」

「気楽に言ってくれるな」

「でも——それで一生過すんですか？」

「先のことなんか、分りゃしねえよ」

松代は浴衣姿の自分の格好を見下ろして、「情ねえな、こんな格好で……。あんたはどこに泊ってるんだ？」

「かんなちゃんと同じホテルです」

「そうか。——今夜、訪ねて行っていいか」

「え？」

知代は面食らった。松代が真顔で言っていたからだ。


どこにいるんだ……。

佐伯忠夫は、温泉町の明るい通りを歩いていた。——きっと、この辺りにいるだろう。

忠夫は、あのかんなが中年男と部屋へ入るのを確かめ、どうしたものか迷っているとき、あの女たちが駆けつけてきて、騒ぎになったのを見ていた。

紀平という名も聞こえていた。

かんなが学校で問題になった、その原因があの男だろう。

ナイフを手に外へ逃げ出したのを知って、忠夫は自分もホテルを出た。そして、紀平を捜して歩いていたのである。

もちろん、どこか暗がりに隠れているかもしれないのだが、夜はかなり冷える。まだ土産物の店も開いて、小さな目抜き通りは明るい。

紀平はたぶん、人のいるこの辺にやって来るだろうと見ていた。

何軒か並んでいる土産物の店を、一つずつ覗いて行く。どてらを着込んだ客が、どの店にも十人ほどは入っている。

一番端の一軒に入ろうとしたとき——スッと目の前を通って店に入って行ったのは、紀平だった。

うまいぞ、と忠夫は思った。

紀平は、もちろんナイフはどこかに隠しているのだろう。他の客の間に入って、土産物を見ているふりをしていた。

「いらっしゃいませ」

店員の声に入口の方を見た忠夫は、制服の警官が入って来るのを見て、ハッとした。

紀平を捜しているのだろう。レジの店員と、何か話している。

紀平の方へ目をやると、紀平も警官に気付いていると分った。落ちつきがなく、青ざめた顔でチラチラと左右へ目をやっている。

忠夫は、さりげなく紀平のそばへ寄って行った。そして、お菓子の箱を手に取ったりしながら、

「紀平さん」

と、小声で言った。

「え？」

キッと忠夫をにらむ。

「心配しないで。俺はあなたの味方ですよ」

と、忠夫は言った。

「何のことか……」

「警官が中を見回ってます。二人で出れば、目にとまらない。一緒に出ましょう」

「あんたは……」

「事情は後で。——さ、一緒にレジへ」

忠夫は、お菓子の箱を二つ取って、レジへ行った。紀平も、わけが分らないまま、ついて来た。

忠夫はお菓子を買うと、一つずつ袋に入れてもらい、一つを紀平に渡した。

「さ、行きましょう」

二人は外へ出て、ブラブラとホテルの方向へと歩いて行った。

「——紀平さん。淡口かんなに逃げられたんですね」

「何だって？」

「分ってます。見てましたからね。同じホテルにいるんです」

「どうしてあの子のことを……」

「俺もあの子に会いに来たんです」

と、忠夫は言った。

「知り合いなのか」

「顔見知りですけど、色々わけがあって、ちょっと可哀そうなことになりましてね」

と、忠夫は言った。「あなたが、代りに淡口かんなをやって（、、）しまってくれると助かるんです」

紀平は無言で忠夫を見ていた。

「――まだ時間、早いですよね」

と、忠夫は言うと、「そこへちょっと入りませんか」

小さなバーがあった。忠夫は紀平を促して入ると、カウンターの端の方にかけて、

「ビール二つ」

と言った。

他に客はない。忠夫は、紀平に小声で事情を説明した。バーのマダムは座ってウトウトしている。聞かれる心配はなかった。

「分ってもらえましたか」

と、忠夫は言った。

「──まあね」

「どうです？　かんなのいる部屋は調べればすぐ分ります。誰か一緒にいるでしょうけど、ボディガードじゃないんだ。俺がうまくやって、その間にあなたがかんなを連れ出す。騒がれないように、気絶させてもいい」

「そううまく行くか」

「やってみなきゃ分りませんよ」

「そうだな……」

紀平は息をついて、「もうあの子は僕に近寄ろうとしないだろう。──それなら力ずくで言うことを聞かせるしかないな」

「そうですよ。いいでしょう？」

忠夫も、自分で十五歳の女の子を、と思うと怖気《おじけ》づいてしまう。むろん、捕まれば少々の刑ではすまないだろう。

しかし、紀平が代りにやってくれれば……。手は貸しても、後になったらあくまで「知らない」で通せばいい。

うまく顔を見られないように、かんなのそばについている人間を脅すかどうかして──。かんなを連れ出してしまえば、後は外ででもどこでも、紀平に任せてしまう。

胸が痛まないではない。しかし、武藤に何をされるか、考えたら少々の無茶はやってしまわなくては。

松代にどう話そう？

いや、ここはむしろ自分一人でやるのだ。そうすれば、武藤も忠夫を見直してくれるだろう。

そうだ。――やるのは俺じゃない。

忠夫はビールを飲み干した。

「爽香さん」

と、かんなは言った。

「どうしたの？」

――大浴場のお湯に、二人は浸っていた。

もちろん、〈女湯〉の入口の前には、涼やなごみが見張りに立っている。

爽香としては、かんなに「部屋のお風呂に入って」と言うこともできたのだが、かんなの気持を考えれば、こうして解放された気分にさせた方がいいと思ったのである。

「私……」

かんなが少し口ごもりながら、「まだ男の子と何もしたことないけど……」

「そうよね。急ぐことはないわ」

「ええ。でも……男の人って、あんな風に女に言うこと聞かせようとするものなんですか？」

爽香は胸が痛んだ。――紀平のような男は例外だと言ってやることはできる。

しかし、用心しなければならないのも現実だ。

「大丈夫。あなたを何より大事に思って、大切にしてくれる人と出会うわよ」

と、爽香は言った。

「旦那さんみたいに？」

と訊かれて、

「あやめちゃんから聞いたのね？」

爽香は苦笑して、「そう、うちの旦那みたいな、優しい人にね」

と言うと、バシャバシャとお湯で顔を洗った。

23 覚悟

「ええ、もう大丈夫です」

と、爽香は言った。「かんなちゃん、もう寝ていますし、紀平のことは警察も捜してくれていますから」

廊下に出て、河村布子に電話していた。

「いつも悪いわね。あなたを危い目に遭わせて」

と、布子が言った。

「先生、それって皮肉ですか?」

「まさか!」

二人で笑った。安心感があったのだ。

「でも、その武藤に言われた、っていうのが心配ね」

と、布子は言った。

「やっぱり、ありそうなことでしたね。でも、こんなときにかんなちゃんを襲うのは無理だと思いますよ」

「それは紀平のおかげでもあるのね」

と、布子は言った。「でも、会ったら一発殴ってやりたいわ」

「同感です」

と、爽香は言って、「じゃ、明日また連絡します」

通話を切ると、あやめとなごみがやって来た。

「ご苦労さま」

と、爽香はねぎらった。「紀平が捕まるまでは、一応用心してね」

「分っています」

と、なごみが言った。

「あの女性のことは分った？」

「それが……今夜はたまたま一人で泊っている女性客が多いそうで」

と、あやめが言った。

「仕方ないわね」

ホテルとしては、泊り客のプライベートを勝手に明かすわけにはいかない。爽香は、

「明日、朝食のときにでも捜しましょう」

と言った。

「分りました。紀平って、どこに行ったんでしょうね」

と、なごみが言った。

「涼ちゃんは？」

「ホテルの周囲を回って来るって言って、出かけました」

「一人で？　危いわね。相手は刃物を持ってるのに。――なごみちゃん、後で叱ってやって」

「はい、喜んで」

あやめが笑って、

「なごみちゃん、怒ると怖そうね」

「でも、涼君、叱られると嬉しそうですよ」

と、なごみは涼しい顔で言った。


泊っている旅館での宴会が終ってから町に出て来る客も多いのだろう。

バーは、ほぼ満員だった。入って来る客はもう酔っ払っていることが多いのだが、それでも、ウイスキーやビールを頼むので店の方は楽だ。

カウンターの端にいる紀平と忠夫のことなど、誰も気にしなかった。

「十一時を過ぎましたね」

と、忠夫が言った。「もう、みんな寝てるでしょう」

「大丈夫かな」

と紀平は言った。

「いいですか。今夜しかチャンスはないんです。明日になったら、どこかへ逃げないと」

「うん、そうだな……」

「あの、淡口かんなの、誰も手を触れたことのない体を、あなたのものにするんですよ」

「ああ……。さっきだって、邪魔さえ入らなかったら……」

「そうですよ」

「僕に抱かれれば、あの子だって分るんだ。喜んで僕について来る」

「間違いなくね」

と言いながら、忠夫は、おめでたい奴だ、と思っていた。

自分が若い女の子に憧れてもらえる男だと本気で思っているらしい。――こいつ、どうかしてやがる。

しかし、今はおだてて、その気にさせることだ。淡口かんなを無傷で帰すわけにいかない。

「行きましょう」

と、忠夫は言って、支払いをすると、紀平を促してバーを出た。

さすがに、道に人の姿はほとんどない。

飲んでの帰りか、千鳥足の男が三、四人暗がりをよろけながら歩いていた。

ホテルに正面からは入れない。

「——どうするんだ？」

と、紀平は言った。

「待って下さい」

と、忠夫は足を止めると、「あなたのことを、みんな探してる。でも、僕一人なら自由に出入りできる」

「だからって……」

「考えたんです。騒ぎになれば……」

「騒ぎ？」

「そうです。——ホテルの玄関の見える所で隠れてて下さい。いいですね」

と、忠夫は言って、ホテルの方へと歩き出した。

非常ベルが鳴り響いたとき、爽香はほとんど間髪《かんはつ》を入れずに飛び起きた。

やはり眠りが浅かったのだろう。

廊下へ出ると、すぐになごみと涼がやって来た。

「どうしたの？」

「分らないんです」

と、なごみが言った。「火災報知器が作動したそうで」

「火事？」

「煙も見えないけど」

と、涼が言った。

「ともかく、万一ってことがあるわ。かんなちゃんを起こして。服を着せてちょうだい」

「分りました」

爽香は部屋の中へ戻ると、アッという間に服を着て、ケータイをつかむと、もう一度下に出た。

そのころになって、やっと他の客たちがゾロゾロと部屋から出て来た。

「――何だ？」

「何とか言えよ」

と、互いにブツブツ言っている。

ホテルの側としては、もし誤作動だったら、客を避難させたりして、後で文句を言われたくないだろう。

その内、非常ベルが止った。

「何だ……」

「どうってことなかったのね」

と、みんな口々に言って、部屋へ戻って行く。

爽香は眠そうなかんなを連れて、玄関ロビーまで出ていた。

「申し訳ありません」

と、ホテルの人間が謝っている。

「間違いないんですね？」

と、爽香は訊いた。

「調べましたが、どこにも火事などは――。誰が鳴らしたのかも分らないんです」

用心深い客は何人か早々と外へ出ていて、ホテルの人間に呼び戻されて入って来た。

「びっくりさせるなよ」

と、文句を言う客もいて、ホテルの方は何度も謝っている。

「戻りますか」

と、なごみが言った。

「そうね」

爽香は、ややすっきりしない気分だったが、ともかく間違いならそれでいい。

ただ、この夜に非常ベルが鳴ったのは偶然なのか、考えていた。

「涼ちゃん」

と、爽香は言った。「悪いけど、少し起きててくれる？　まさかとは思うけど、紀平か誰かが、わざと鳴らしたのかもしれない」

「そうか。爽香おばちゃんの勘だね」

「あてにならないけどね」

と、爽香は笑った。「かんなちゃん、ごめんね、起こして」

「いいえ」

と、かんなは欠伸しながら、「明日、ゆっくり寝られる？」

「ええ、たっぷりね」

爽香はかんなの肩を抱いて言った。

あやめは社員を部屋へ戻し、

「良かったですね」

と、爽香に言った。

「そうね」

なごみが、かんなの手を取って、

「さ、部屋に戻ろう」

と促した。

「うん。――おやすみなさい」

「おやすみ」

と、爽香は微笑んで手を振った。

――なごみは、部屋のドアを開けた。飛び出して来たので、鍵はかけていない。

「あれ？　明り、消してたかな」

中が暗いので、なごみはスイッチを押した。そして部屋の中へ入ると――。

いきなり、背後から頭に布をかぶせられ、同時にうつ伏せに押し倒された。上にまたがった男の手がなごみの首に紐を巻きつける。

「静かにしろ！　殺すぞ！」

と、男が紐を引く。

なごみは身動きもとれず、息の苦しさにもがいた。

かんなは呆然として立ちすくんでいた。すると、

「やあ、かんなちゃん」

部屋の中に、紀平が立っていた。

かんなが真青《まつさお》になって震えていると、紀平はやって来て、かんなを引張って行き、布団の上に投げ出した。

「声を出すんじゃないよ」

と、紀平は言った。「見るんだ。あのお姉ちゃんは殺されるかもしれない。君のためにね」

「紀平さん……。やめて」

「そうそう。ちゃんとしゃべれるじゃないか。――あのお姉ちゃんを助けたいだろ？　だったら、騒いだり逃げたりしないで、僕のする通りに、逆らわないことだ。分ったかい？」

かんなは布団にペタッと座って、手拭いで顔を隠した男が、なごみの首を紐でしめようとしているのを見た。

「――分ったね」

と、紀平は無気味なやさしさで言った。

かんなは無言で、ゆっくり肯いた。

「そうそう。何も、君に乱暴なことをしようってんじゃない。いや、いずれ君も女になるんだ。それなら、僕のような大人と、まず経験した方がいい」

紀平は、かんなを布団の上に押し倒すと、上にまたがった。――かんなは声をたてずに泣いていた。

「怖がらなくていい。――安心して、僕に任せるんだ」

紀平の手がかんなの細い首から肩へと滑って行く……。

そのとき、ドアをノックする音がして、紀平はハッと振り向いた。

「畜生！　じっとしてろ！」

と、声をひそめる。

「――なごみちゃん。もう寝ちゃった？」

爽香の声だった。

紀平が手でかんなの口をふさぐ。――行っちまえ！　邪魔するな！

それきり、声はしなかった。――いいぞ。

「行ったな」

紀平はもう一度、かんなの頬を撫でた。

ドアが激しく音を立てて開いた。

「忠夫！」

「姉さん！」

忠夫がびっくりして立ち上る。なごみは忠夫を突き飛ばした。

「何だ！　邪魔しやがって！」

紀平が立って、ナイフをつかんだ。

「やめろ！」

と、入って来たのは、松代だった。

「松代さん！」

忠夫が愕然として、「どうしてここに？」

「止めに来たんだ。その女の子に何の罪がある。俺は決めたんだ。忠夫、お前はこんな奴にやらせるつもりだったのか」

「だって……武藤さんが……」

「俺が責任を取る。覚悟はできてるよ」

紀平がいきなりナイフを振り回して、ドアへと走った。よけようとして、知代は腕を切られて、よろけた。

「おい！　大丈夫か！」

松代が知代へ駆け寄る。

その間に、紀平は部屋から飛び出して行った。

「あいつ――」

涼が追いかけようとしたが、

「やめなさい。危いわ」

と、爽香は止めた。「ほら、なごみちゃんが」

涼は部屋へ入ると、首に紐を巻きつけたままのなごみへ走り寄り、急いで紐を外した。

「涼君……」

「ごめんな。こんなことになるとは思わなかったんだ」

涼はなごみを抱いた。

爽香はかんなの所へ行って、涙を拭いてやった。

「ごめんなさいね。怖い思いさせて。——もっと気を付けなきゃいけなかったのに」

「ううん、大丈夫」

かんなは気丈に首を振って、「なごみさん、何ともない？」

「ええ。——ちょっと首がヒリヒリするけどね」

「そうだ」

涼は立ち上ると、「おい！」

と、忠夫の胸ぐらをつかんで、

「なごみにひどいことをしやがって！」

「おい……。よせよ」

「やめられるか！」

涼が拳《こぶし》を固めて、忠夫を殴った。忠夫はみごとに引っくり返った。

涼は手を振って、

「いてて……。すみません」

と、知代に言った。

「いいえ、私の代りに殴って下さって」

知代はフラフラと立ち上る忠夫へ、「少しはこりたの?」

と、冷たく訊いたのだった。

24　カーテン

やれやれ……。

紀平は、やっとアパートへ辿り着いて、息をついた。

寒い中、コートもなしで帰って来たのだ。

しくじった……。

紀平は、唇をかんだ。——結局、あの子を女にしてやることができなかった。

まあ仕方ない。あの場合は、捕まらずに逃げられただけでもよしとしなければ。

重い足で二階へ上る。

自分の部屋のドアを——。

「しまった」

と、舌打ちする。「鍵だ……」

あのとき、どこで失くしたのか、キーホルダーごと落としてしまった。

だが——ドアが開いた。

恐る恐る中を覗くと、

「お帰りなさい」

「あ……。課長さん」

矢吹典子が座っていたのである。

「よく入れましたね」

「これ……」

典子がポンと投げ出したのは、紀平のキーホルダーだった。

「やあ、これ……。あなたも、あそこにいたんですか」

と、目を丸くしている。

「良かったわ、こうして会えて」

と、典子は言った。

「そうですね。——疲れましたよ」

と、紀平は言った。

典子は、あの恐ろしかった紀平が、今は元の平社員に戻っている様子を見て唖然としていた。——この部屋で、典子に石油をかけて火を点けようとした男はどこへ行ってしまったのか？

「ああ……。本当に疲れた」

紀平は畳の上にゴロリと横になった。

「大変だったものね」

「そうですよ。——僕が何をしたって言うんですかね。あの淡口かんなだって、自分から僕に近付いて来たのに……」

何て男だろう。自分は少しも悪くないと思っている。

しかし、間違いなく紀平は警察に捕まることになるのだ。きっと、それでも、

「僕が何をしたって言うんだ？」

と、本気で訊いて来ることだろう。

こんな男の前で泣いたのだと思うと、典子は改めて怒りが湧いて来た。

そう。この男の口をふさがなくては。

「私ね、あなたのことが忘れられなくて」

と、典子は言った。「だからあそこまで追いかけて行ったのよ。でも、結局、会えないで帰って来た」

「僕のことが？　——どうしてですか？」

紀平はキョトンとしている。

「あなたの男らしい強さに魅せられたの。分るでしょ？」

「そんなことをあなたから言われると思わなかった」

「そう？　本気よ、私」

典子は立ち上ると、服を脱ぎ始めた。紀平が目を丸くしている。

「私を抱いて」

と、典子は脱いだものをひとまとめにすると、台所の方へ置いた。

そして、片手に鋭い肉切り包丁を握りしめると、体の後ろに隠して、

「あの子の代りにはなれないだろうけど……」

「いや……。素敵ですよ、あなたも」

紀平が起き上って、「布団を敷きますか？」

「その前に、力一杯私を抱いて」

と、典子は言った。

「いいですとも！」

紀平は裸の典子に向って両手を広げ、「さあ、僕の胸に」

「ええ。——あなたの胸にね」

典子は紀平へと歩み寄った……。

爽香は、そのハンバーガーを立ったまま食べているコートの男を見て、すぐに刑事だと分った。

「失礼します。——刑事さんですね」

「え？」

「杉原爽香といいます。連絡が行っているかと……」

「ああ、あんたね。上司から聞いてますよ。一応、紀平って奴の部屋を見張ってるんですがね」

「まだ戻ってないんですか？」

「今のところはね。——あの窓が、紀平の部屋です」

と、刑事は言って、「失礼。腹がへっててね」

「どうぞ、召し上って下さい」

爽香と一緒に、涼と野口知代がやって来ていた。

「あのカーテンが閉ってる部屋ですか？」

と、知代が言った。

「そうそう。ずっとカーテンが……」

と言いかけて、刑事は言葉を切った。「あれ？」

「どうかしましたか？」

「いや……。食いものを買いに、ちょっと離れてたが、まさか……」

と、刑事は口ごもって、「一人なもんでね。ずっと動かないってわけにゃいかなくて……。一緒に見張るはずだった奴が、急に腹を下して帰っちまったもんで」

と、言いわけがましく言った。

「紀平が戻ってるんですか?」

と、爽香は訊いた。

「分らないけど……。カーテンが……」

「カーテンが? どうしたんですか?」

「あんな色じゃなかったのに……。白っぽいというか、汚れて黄ばんでたけど、あんな色じゃなかったですよ、確かに」

爽香が見上げた窓のカーテンは、赤茶けたえんじ色をしていた。——カーテンが変った?

爽香はそのえんじ色に、むらがあることに気付いた。端の方は白いところが残っている。

あれは、もしかしたら……。

「すぐ行きましょう」

爽香の声はこわばっていた。「あれは——血で染ってるのかもしれない」

刑事が食べかけのハンバーガーを投げ捨てた。

「入口は向う側です!」

一斉に駆け出す。

そして、アパートの二階へ駆け上ると、一番奥のドアへ、

「おい！　開けろ！　警察だ！」

刑事がドアを叩いたが、返事はない。

「入りましょう。涼ちゃん、力を貸して、ドアを開けて」

「分った」

涼がドアのノブをつかんで、思い切り体をぶつけた。古くなっていたのだろう、ドアは呆気なく開いた。

「こいつは……」

刑事が一歩中へ入って息を呑んだ。

部屋の至る所に血が飛んでいた。正面のカーテンが血で染っている。

「紀平だわ……」

と、爽香は言った。

窓の近くに仰向けに倒れているのは紀平だった。腹や首が刃物で切り裂かれている。

そして――もう一人、裸の女が畳の上にうつ伏せになって倒れていた。

女の背中に小ぶりな包丁が突き刺っている。――どちらも絶命していることは一目で分った。

「連絡して来ます」

刑事は青くなって、あわてて出て行ってしまった。

「凄いや……」

涼も青くなって、廊下へ出た。

爽香は一人、玄関に立って、その凄惨な現場を見ていた。

女が紀平を殺し、紀平が息絶える前に女を刺したのだろう。しかし——一体なぜ？

「爽香おばちゃん、大丈夫なの？」

と、涼が言った。「強いね、おばちゃんって……」


さすがスター……。

爽香は心の中で呟いた。

M会館での映画の製作発表記者会見が終り、そのまま簡単な立食パーティになった。

会見に出ていた栗崎英子が、パーティになっても、記者やカメラに囲まれていたのである。

八十四歳とはいえ、和服姿があでやかで、会場の中でも目立つ。主役の若い人気女優を食ってしまっていた。

やっと解放されると、真直ぐに爽香の方へやって来て、

「よく来てくれたわね！」

と、爽香の肩を叩く。

「栗崎様がご出席になるのは珍しいでしょう。見逃すわけにいきません」

「うまいこと言うわね」

と、英子は笑って、「ばれてるのよ。温泉で、また命がけのことがあったんですって？」

久保坂あやめが、爽香の身に起ったことを逐一英子に報告しているので、何も隠しておけない。

「旅行は切り上げたの？」

「はい。でも、今日のためというわけじゃありません。あの子を危い目に遭わせてしまったので……」

爽香はパーティ会場を、客たちをかき分けてやって来る河村布子を見つけて、びっくりした。

「私が招《よ》んだのよ」

と、英子は言った。「久保坂さんから事情を聞いてね」

爽香は、布子が何も言わない内に、

「申し訳ありませんでした、先生」

と、深々と頭を下げた。「かんなちゃんをお預かりしておいて、あんな危い目に遭わせてしまって……」

「あなたのせいじゃないわよ」

と、布子は言った。「かんなちゃんを命がけで守ってくれて、ありがとう」

「何にでも命をかける人ね、本当に」

と、英子が口を挟んだ。

「ですが――かんなちゃんは大丈夫でしょうか」

「ちゃんと話したわ。あの子も、怖かったけど、他人のあなたたちが必死で助けてくれたことに感激したそうよ」

布子の言葉に、爽香はただ黙って頭を下げた。

「あの紀平って人は殺されたのね。何があったのかしら」

「職場の上司の女性に憎まれていたようですね。その人も死んでしまって、二人の間に何があったのか、分らずじまいですけど」

布子は爽香の言葉に肯いて、

「私たちの想像もできないようなことがあったんでしょうね。――あ、昼間は爽子のコンサートに来てくれてありがとう」

「いえ、会社は休んでいるので……」

「かんなちゃんに、今夜あなたと会うと話したら、心から御礼を、と伝えて下さいって」

「そんな……」

「あなたは、生きている姿が美しいのよ」

と、英子に言われて、爽香は汗をかいた。

「それとね、かんなちゃん、決心したことがあるそうよ」

と、布子が言った。


「留学だって?」

と、朝食の席で、淡口公平は言った。

「うん」

と、かんなはパンにバターを塗りながら、「高校に入ったら、留学する。私、決めたの」

と言った。

「しかし、お前……」

「今、どこに留学するか、調べてる。決めたら言うから」

淡口は口を開きかけたが、やめた。

かんなは淡々と話していた。意地を張っているわけでも、反抗しているわけでもない。ただ、「自分で決めた」ことを報告しているだけなのだ。

そのかんなの様子は、淡口に「以前のかんなではない」と告げていた。

「――好きにしろ」

とりあえず、そう言って親の面目《めんぼく》を保とうとした。

「行くぞ」

と、淡口は立って、妻へ、「車は来てるか?」

「十五分くらい前に……」

「そうか」

上着を着て、淡口は玄関を出た。

「おい。――どうした?」

運転手が、手足を縛られ、猿ぐつわをかまされて、玄関先に転がされていた。

そして、淡口は啞然とした。待っているはずの高級車は、完全に仰向けに引っくり返って、ボディも窓ガラスも破壊され尽くしていた。――数分後、淡口は、学院長の桐生からの電話で、桐生の車も同じ有様《ありさま》になっていることを知ることになる。


公園のベンチに、野口知代は座っていた。

どうなるのだろう？　――不安に圧《お》し潰されそうだった。

松代がやって来るのが見えて、知代は立ち上った。――ともかく、何とか無事なようだ。

「松代さん……」

「待たせたな」

と、松代は言った。

「それで……どうなったの？」

「忠夫のことは、警察に任せるってことだ。武藤さんも、もう忘れるだろう」

「それで、あなたは？」

「俺か。――俺は武藤さんに意見した。今はもう力でやり合ったり、指をつめたりって時代じゃない、ってな。冷汗かいたぜ」

「それで……」

「仏頂面してたが、忠夫の話しだいで、武藤さんも罪に問われるかもしれない。そこはうまく何とかすると言っといたよ」

「松代さん、あなたは抜けられたの？　それが訊きたいのよ」

松代はじっと知代を見て、

「抜けたって、あんたにゃ亭主がいる。そうだろ？」

「少しずつ、武藤さんみたいな人を変えていくのに、俺はまだ必要さ。あんたは、亭主の帰りを待つんだな」

「松代さん……」

松代は手を伸して、知代の頰に触れると、「久しぶりにときめいたぜ。ガキのころみたいにな」

と言った。

「達者でな」

知代は、足早に立ち去る松代の後ろ姿を、ずっと見送っていた。

明男がスクールバスを洗っていると、ケータイが鳴った。

急いでタオルで手を拭くと、ポケットからケータイを取り出した。

「もしもし?」

「やあ、松下だ」

「ああ、〈消息屋〉さん。いつも爽香がお世話になって」

と、明男は言った。「何ですか、僕に……」

「いや、ひとつ訊いておきたくてな」

「何のことです?」

「大宅栄子って女とは、どうなってるんだ？」

明男は言葉を失った。松下は続けて、

「俺も、そんなことに口を出したくない。ただ、あんたの女房はあんたを信用し切ってる。黙って見てられなくてな」

「──心配していただいて。でも、そんな心配は無用ですよ」

「そうか」

「大宅さんは寂しくて、僕と話がしたいだけです。爽香には、誤解されたくないので言ってませんが、特別のことはありません」

「そうか。それならいいが」

明男はちょっと笑って、

「爽香も幸せですよね。そんなことまで心配してくれる人がいて」

「まあ──大事にしてやれよ」

「ええ、もちろんです。──どうも」

明男は通話を切ると、またバスを洗い始めた。

一心に、固く唇を結んで、車体を洗い続けていた……。

特別短編

赤いランドセル——杉原爽香、十歳の春

「行って来ます！」

爽香《さやか》は、そう言い終るより早く、玄関を飛び出して行った。

「車に気を付けて！――走ると危いわよ！」

母、真江《まさえ》が声をかけても、もう爽香の姿は、それが届かない辺《あた》りまで行ってしまっている。

真江はため息をついて、

「本当にもう……。あの子ったら……」

爽香が十歳にしてはしっかり者で、ああして元気一杯ではあるが、決して無茶をする子でないことは、真江が一番よく分っている。

それでも、ついひと言言ってやりたくなるのは、せめて少しは母らしいところを見せたい真江のプライドというものか……。

「あーあ……」

と、声がして、「母さん、朝飯は？」

充夫《みつお》が起きて来たのである。

「充夫！　早くしないと遅刻するわよ」

と、毎朝おなじみのセリフが出てくる。

「平気だよ」

充夫は大欠伸《おおあくび》しながら言った。

本当に。――どうして妹と、こうも違うのかしら、と真江は思った。

――春、四月になって、新学期である。

杉原《すぎはら》爽香は、いつもの通り小学校への道を足早に歩いていた。

「爽香って、どうしてそう急いで歩くの？」

と、よくクラスの子に言われる。

爽香としては、別に急いでいるつもりはないのだが。

小学校までは普通に歩いて二十分ほど。

爽香はたいてい十五分くらいで着いていた。しかも結構早くて、クラスでもいつも二、三番目。日直の子は早く来なくてはいけないのだが、爽香はたいていその次。ときどきは日直の子より早く着くこともあった……。

――爽やかな、気持のいい朝だった。

大きな川の岸辺、土手の道には桜の木が並んでいて、もうほとんど散ってしまってはいたけれど、それでもいくらかは風に舞って飛んでいる。

爽香は、こうして広く見渡せる土手の上の道を歩くのが好きだった。

土手の道を、向うから自転車がやって来た。

こいでいるのは、何だかおじいさんみたいだ。

近付いて来ると、髪《かみ》が真白で、やはりおじいさんと分る。――後ろに、赤い幼稚園の制服を着た女の子が乗っている。

爽香の家の近くの幼稚園だから、よく見かける制服なのだ。

きっと、おじいちゃんが孫を幼稚園に送って行くところなんだ、と爽香は思った。

自転車は近付いて来て――爽香の十メートルくらい手前まで来ると、突然、フラフラとし始めた。

「危い……」

と、思わず呟《つぶや》いたが、そう言い終らないうちに、自転車は道からそれて土手の斜面へと突っ込んで行ったのだ。

びっくりして見ている間に、自転車は斜面から川へと落ち込む、ぎりぎりの所で派手に引っくり返った。

「ああ……。川に落ちる！」

爽香は、斜面を駆け下りて行った。

かなりの急斜面なので、転《ころが》り落ちるとそのまま川へ突っ込みそうだ。爽香は何とか踏みこたえながら自転車の所まで辿《たど》り着いた。

自転車をこいでいたおじいさんも、後ろに乗っていた子供も、二人とも投げ出されて気を失っているようだ。

「しっかりして！」

爽香はランドセルを腕から抜いて放り出すと、ちょっと迷ってから、ともかく足下に倒れていたおじいさんのそばに膝《ひざ》をついて、その体を揺さぶってみた。

するとおじいさんは目を開け、苦しげに呻《うめ》いて、

「あの子は……」

と、絞り出すように言った。

「そこに倒れてる」

と、爽香は言った。「すぐ誰か呼んで来るから――」

「胸が……苦しくなって、目の前が急に……真暗《まつくら》になって……」

「すぐ救急車を呼ぶから」

「わしはいい。孫を……」

「うん。すぐそこに――」

と、顔を上げて、爽香は目を疑った。

たった今までそこに倒れていた子が、どこにも見当らない。

「え？　どこに？」

あわてて立ち上ってキョロキョロと辺りを見回したが、どこにも見当らない。という
ことは――。

「まさか！」

爽香は川べりまで近寄って、川を覗《のぞ》き込んだ。

あの女の子が水に浮いている！　でも、すぐに流されるか沈んでしまうだろう。

「しっかりして！」

と、爽香は大声で呼びかけた。「つかまって！」

手を伸そうとしたが、水面までは届かない。

女の子は気を失ったままだ。爽香は川べりに腹這《はらば》いになって、必死で手を伸した。

届け！　もう少し！

爽香の手が、女の子の制服のえり首をつかんだ。やった！

だが、引張り上げるには、爽香では力が足りない。そして、女の子の体は川の流れに
引張られていた。

「おじいさん！　手を貸して！」

と、大声で呼んだが、あの様子で助けに来られるかどうか。

すると、女の子がブクブクと沈み始めた。

「だめ！　だめだよ！」

引張ろうとして、逆に水の勢いに爽香の方が引きずられた。

「あ……」

と、声を上げると同時に、爽香も川の中へ落っこちていた。

泳げないことはないが、女の子を助けるほどの力はない。

爽香は夢中で土手と川を仕切っている杭《くい》の一つにつかまった。片方の腕を杭に巻きつけ、もう一方で女の子を引張り寄せる。

顔を出させないと！　溺《おぼ》れちゃう！

何とか女の子の頭を抱えるようにして、水から顔を出させるのに成功した。女の子はゴホンゴホンと咳《せき》をした。

でも――このままじゃ、どうしようもない！

「誰か！　助けて！」

と、爽香は精一杯の声を上げたが、口を開けると川の水が口に入る。

それに、土手の上の道までは、とても声は届かないだろう。

しかも、岸と川の境は真直ぐな板で五十センチ以上の高さがあるので、土手の道から爽香たちの姿は岸に隠れて見えないのだ。

どうしよう？　このままじゃ……。

そのとき、おじいさんが這って来て顔を出したのである。

「おお……。生きてるのか」

「このままじゃ流されちゃう！　この子を引張り上げて！」

と、爽香は必死で言った。

「ああ……。今手を貸すからな。さあ……」

と、おじいさんもさっきの爽香のように腹這いになって、手を伸した。

だが、そのとき、おじいさんは顔をしかめて、

「ウッ！」

と、声を上げると胸を押えて、そのまま川へと転り落ちてしまったのだ。

「おじいさん！」

と、爽香は大声で呼んだが、心臓の発作を起したのか、おじいさんはそのまま流れに運ばれて行ってしまう。

何かが爽香の頭に当った。

「痛い！」

見れば、自分の赤いランドセルだ。おじいさんが川へ落ちるとき、引っかけたのだろう。

今こんなものがあっても……。

誰か、転っている自転車に気付いてくれないかしら。このままじゃ、ずっとこうして杭につかまって女の子を抱えてなきゃいけない。

爽香はそのとき、ふっとあることを思い付いた。

洗濯機に洗剤を入れながら、

「あら」

と、真江は呟いた。

玄関のチャイムが鳴ったのである。

「はあい……」

と、手をタオルで拭《ふ》きながら出てみると、

「——失礼します」

と、若いお巡《まわ》りさんが立っている。

「はあ。何か？」

「これはお宅のお子さんのものですか」

お巡りさんが手にしていたのは——赤いランドセルだった。

「うちの子の……。でも、どうして」

「住所と名前が書いてありましたので。実は、これが川に流されていたんです」

確かにランドセルは濡《ぬ》れていた。

「川に？　じゃ、爽香は――」

「学校へ行くのは川沿いの道ですか？」

「はい。土手の上の道を通ります。――一体どうしたんでしょう？」

「今、捜索の手配をしています。一緒に来ていただけますか」

「はい、もちろん！」

そこまで聞いて、真江はやっと事態を理解して真青になった。

サンダルを引っかけ、お巡りさんについて駆け出して行く。

「いつも、この道を土手の方へ――」

「分りました。今、川をボートでさかのぼっています」

「でも……あの子は……あの子は……」

土手の道に出て、真江は、

「爽香！　――爽香！」

と、大声で呼んだ。

まさか爽香が溺れたなんてこと……。

神様！　お願いです！

真江は夢中で土手の道を走って行った。

すると、川の方から、

「おーい！」

と、声がした。「子供がいるぞ！」

ボートが岸の方へとこぎ寄せるところだった。

そして、川からボートへと子供が二人、引張り上げられるのが見えた。

「爽香！　――爽香！」

真江は斜面を夢中で駆け下りた。

「お母さん！」

ボートの上で、ずぶ濡れになった爽香が手を振って、「危いよ！　川に落ちないで！」

と叫んでいた。


「いや、よく頑張ったね」

岸に上ったところで、毛布にくるまった爽香へ、お巡りさんが言った。

「おじいさんが流されたんです」

と、爽香は言った。

「うん。下流を捜索しているよ。しかし、あの女の子を抱えてるだけでも大変だったろう」

「うん」

と、爽香は肯《うなず》いて、「土手の道からは隠れて見えないし、どうしようかって思った」

「あのランドセルを見付けて、大騒ぎになったんだよ」

「良かった」

と、爽香は微笑《ほほえ》んで、「あれ、赤くて目立つから、あれを流そうと思ったの。でも、重くて沈んじゃいそうだから、中身を捨てて空《から》にした。女の子抱えたまま、ランドセルを空にするのが大変だった！」

お巡りさんは笑って、

「いや、よくそこまで考えたね。大したもんだ」

「あの女の子、大丈夫？」

「うん。少し水を飲んでるが、心配ない。今救急車が来るから、君も一応病院に」

「え？　私、何ともないもん。ね、お母さん、家に帰って着替えたい」

「そうね。そうしましょ」

「学校に電話しといて。遅刻するからって」

「分ったわ。――じゃ、連れて帰りますので」

真江と爽香が土手の上の道に上ると、ちょうど救急車がやって来た。

爽香は、あの女の子が担架に乗せられて、救急車に運び込まれるのを見ていた。

女の子が爽香に気付いて、小さな手を振った。爽香は手を振り返した。

「良かった」

「爽香、偉かったわね」

と、真江は毛布にくるまれた娘を抱いて、「でも、心配したわよ」

「うん、ごめん」

「お母さんなら、きっとあなたみたいなこと、できなかったわ」

と、真江は言った。「さ、行きましょう」

「うん」

二人が行きかけると、

「あ、杉原さん」

と、あの若いお巡りさんが呼び止めた。

「何か？」

「いや、すみません。——あの女の子のお兄さんが、妹が幼稚園に行ってないっていうんで捜《さが》しに来たんです」

と、お巡りさんは言った。「事情を聞いて、ひと言、お礼を言いたいって。——君、この子だよ、妹さんを助けてくれたのは」

中学生らしい男の子が少し照れたようにやって来ると、

「妹を助けてくれてありがとう」

と、ペコンと頭を下げた。

「おじいさんは残念でしたね」

と、真江が言った。「妹さんについて行ってあげて」

「はい。――本当にありがとう」

男の子は、爽香にもう一度頭を下げると、救急車の方へ行きかけて、「また、きっとお礼に行きます。僕、中川満《なかがわみつる》です」

「いいのよ、そんなこと」

男の子が救急車に乗ると、扉が閉った。

サイレンを鳴らして救急車が走って行くのを、爽香たちは見送って、

「冷えちゃった！　早く帰ろ」

「ええ」

二人は急ぎ足で家へと向った。

「教科書とノート、また買わないと……。あ、せっかくやった宿題も捨てちゃった」

「仕方ないわね」

と、真江は笑って言った。

「――今の子、何て言ったっけ、名前？」

「え？　ああ……。何だったかしらね」

「いいや、何でも。——ハクション！」

派手にクシャミをして、爽香は一段と足どりを速めたのだった……。

初出

「女性自身」（光文社）

二〇一四年　一一月一一日号、一二月二日号、一二月二三日号

二〇一五年　二月三日号、二月一七日号、三月一七日号、四月二一日号、五月二六日号、六月三〇日号、七月二一日号、九月一日号、九月一五日号

「赤いランドセル――杉原爽香、十歳の春」

二〇〇九年光文社文庫刊『夢色のガイドブック　杉原爽香、二十一年の軌跡』

光文社文庫

文庫オリジナル／長編青春ミステリー

えんじ色《いろ》のカーテン

著　者　赤《あか》　川《がわ》　次《じ》　郎《ろう》

2015年9月20日　初版1刷発行

発行者　鈴　木　広　和
印　刷　萩　原　印　刷
製　本　ナショナル製本

発行所　株式会社　光　文　社
〒112-8011　東京都文京区音羽1-16-6
電話　(03)5395-8149　編　集　部
8116　書籍販売部
8125　業　務　部

落丁本·乱丁本は業務部にご連絡くだされば、お取替えいたします。
ISBN978-4-334-76960-4　Printed in Japan

組版　萩原印刷

お願い　光文社文庫をお読みになって、いかがでございましたか。「読後の感想」を編集部あてに、ぜひお送りください。

このほか光文社文庫では、どんな本をお読みになりましたか。これから、どういう本をご希望ですか。どの本も、誤植がないようつとめていますが、もしお気づきの点がございましたら、お教えください。ご職業、ご年齢などもお書きそえいただければ幸いです。当社の規定により本来の目的以外に使用せず、大切に扱わせていただきます。

光文社文庫編集部